THE GOLFER'S CAROL

ゴルファーズ・キャロル

ROBERT BAILEY
ロバート・ベイリー　吉野弘人〈訳〉

小学館

ゴルファーズ・キャロル

THE GOLFER'S CAROL
BY ROBERT BAILEY

This edition published by arrangement with G.P. Putnam's Sons,
an imprint of Penguin Publishing Group,
a division of Penguin Random House LLC
through Tuttle-Mori Agency, Inc., Tokyo

我が子、ジミー、ボビーそしてアリーへ

CONTENTS

✷

装丁✷アルビレオ
装画✷荻原美里

練習ティー

一

一九八六年四月九日水曜日、午前六時三十分

「すべての男は、人生のどこかで自分がジョー・ネイマスにはなれないと気づくときがある」

十六年前、それは、プロゴルファーになるという僕の夢は、決して叶《かな》わないということを、父なりのことばで言ったものだった。

有名なアメリカン・フットボール選手とゴルフに何の関係があるのかって？　まあ、納得さえできれば、誰だってよかった。だけど一九七〇年の春、アラバマ州の血気盛んな若者たちは誰もが、ジョー・ウィリー・ネイマスになることを夢見ていた。強肩でハンサムなニューヨーク・ジェッツのクォーターバック。プロになって〝ブロードウェイ・ジョー〟と呼ばれるようになる前は、アラバマ大フットボールチーム、クリムゾン・タイドを二度の全米チャンピオンに導いた男だ。

僕は父の言ったことばを正確に理解していたが、父は念のため、さらにかみ砕いて説明した。

「息子よ、わたしが言いたいのは、誰もがフットボールチームのスターにはなれないということだ。あるいは映画スターや……ＰＧＡツアーのプロゴルファーには。神はわたしたち全員にそういった才能を授けてはくれない。だが、神は別の才能を授けてくれている」そう言うと、

父は自分の両手を見た。僕も同じことをした。四十年間、父ロバート・クラークは煉瓦《れんが》職人として働いてきた。北アラバマのあらゆるところで家を造ってきた。父の手は、まるでふたつのコンクリート・ブロックのようだった。それが父の商売道具だった。

「神はお前にも才能を与えた」父はそう言うと、もう一度、石のように硬くなった手を見つめた。「神はお前に責任も与えた」

父のことばを思い出しながら、僕は水面を吹く風を顔に感じていた。テネシー・リバー・ブリッジの最も高い部分に立っていた。水面からは優に三十メートルはある。頭から飛び込んだら即死するだろう。死体は岸まで流されるか、川をゆっくりと進むボートに発見される。だが、その魂は波紋よりも早く消えてなくなるはずだ。

僕の魂は一九七〇年に死んだ。二十四歳だった。ゴルフのおかげで奨学金を得て、アラバマ大学に進学させてもらい、サウス・イースト・カンファレンス選抜に選ばれるまでになった。あ一年間、ミニツアーでプレイをして、もう少しで壁を突き破ることができると感じていた。あと数パット入れれば。ペナルティがあとひとつ減れば。気持ちを集中することができれば。あと少しだった。

その後、メアリー・アリスが妊娠し、僕の挑戦は失敗に終わった。父は僕がジョー・ネイマスにはなれないと言った。

そして人生にはまだ不意打ちのパンチが待っていた。

今日は僕の四十歳の誕生日だ。だから今週は、ほかの週とは毎日が少し違った感じになりそうだ。勤務先の弁護士事務所に出勤して、九時間働く。代理人を務める自動車事故の請求書を保険会社に送る。十時半にはコーヒーブレイクを取り、スティーブとおしゃべりをするだろう。スティーブはオーバーン大のファンだから、去年のアイアン・ボウルでアラバマ大がオーバーン大に勝利したことをまた蒸し返してくるだろう。そして、ボー・ジャクソン（アラバマ州出身のプロ野球およびプロ・アメリカン・フットボール選手）が野球をすべきか、フットボールをすべきかで百回目の議論をする。二時半になると、僕たちの部署のメンバー全員が小さなキッチンに集まり、秘書のデビー・シールが出勤途中に〈クローガー〉で買ってきたケーキをカットする。味はまあまあだ、みんなが四十代になった僕をからかう。そして、十分もしないうちに、みんな仕事に戻る。

　六時十五分頃、僕はブリーフケースを持ってエレベーターへ向かう。家に帰ると、今度はメアリー・アリス手作りのドイツチョコレートケーキが待っている。僕の大好物だ。だがケーキを食べる前に、みんなで〈ブーツ・ステーキハウス〉へ行く。僕たちの十六歳の娘デイヴィスは、プライムリブステーキとベイクドポテトを僕と分け合い、メアリー・アリスは、僕たちの皿から少しだけ食べ、あとはサラダをつっつく。そして家に帰り、僕はバースデーケーキのろうそくを吹き消す。きっちり四十本ある。メアリー・アリスは細かいことにこだわるタイプだ。いつもそうだった。そして僕はケーキを食べる。おそらくふた切れ。おいしいと言ってほめる。だって本当においしいのだから。妻は誰よりも料理がうまかった。僕はそのあと、皿洗いを手伝う。それから、デイヴィスが宿題をやっているあいだ、テレビを見る。十時のニュースが終わるとベッドに入る。セックスはしない。もう何年もしていない。

次の日、妻は、僕が六時に起きると思っているはずだ。コーヒーを淹《い》れ、新聞を読んだあと、彼女のほほにキスをして事務所に向かう。それが僕たちの覚えている、ふたりの人生だった。

だが明日、メアリー・アリスとみんなは驚くことになる。明日の朝、僕は一時間早く起きて、音もなく家を出るつもりだ。

橋まで運転して、今いる場所に立つ。ゴルフウェアを着ているだろう。襟付きのシャツにセーターを羽織り、カーキのスラックスに〈フットジョイ〉のスパイク。祈りはしない。日曜日には教会に行き、何年も案内係を務めてきたが、もう神は信じていない。その代わり、一九七〇年の春の日に、父ロバート・クラークの言ったことばを思い出す。

すべての男は、人生のどこかで自分がジョー・ネイマスにはなれないと気づくときがある。

そして、太陽がテネシー川の向こうに昇り始めたとき、僕は飛び降りる。

二

誕生日は僕が思っていたとおりにはいかなかった。だがそれはかなり控えめな言い方だ。僕がダービー・ヘイズの幽霊を見る前から、事態はかなりおかしくなっていた。だが、順を追って説明していこう。

僕は六時四十分にテネシー・リバー・ブリッジを渡り、七時にはハンツビルのダウンタウンにある事務所に着いた。午前中を自動車事故の原告に関する宣誓供述書の準備に費やした。思っていたよりも早く終わり、僕は自分の生命保険証書を最後にもう一度見直した。

午前十一時四十五分、昼食を食べに行こうとして廊下の途中まで進むと、秘書のデビーが後ろから声をかけてきた。「ランディ！」

肩越しに振り返ると、彼女が自分のパーテーションのなかから体を乗り出すようにしている。電話線をできるだけ伸ばして受話器を持っていた。「メアリー・アリスからよ。大事な話だって」

秘書の心配そうな顔を見て、胃が締め付けられるように感じた。予想しないようにしたものの、最初に頭に浮かんだのはデイヴィスに何かあったのではないかということだった。次に考えたのは母のことだった。二年前に父が死んでから、母は友人たちと忙しく過ごしていて健康そうだった。しかし母も七十代だ。人生はあっという間に変わることもある。

そんな思いを振り払うと、オフィスに戻って電話を取った。最悪の事態を覚悟した。

「デイヴィスは大丈夫なのか？」僕はなんの前置きもなしに尋ねた。

「ランディ、ダービーのこと聞いた？」僕は眼《め》をしばたたいた。娘も母親も無事だという安堵《あんど》の思いが胸にあふれた。ダービー？　友人のしっかりとした足取り、ふさふさとした白髪混じりのひげ、突き刺すような青い眼をすぐに思い浮かべた。「いや、何があったんだ？」

「昨日の晩、バーミングハムで交通事故に遭ったそうよ」彼女はことばに詰まった。泣くまいとしているのがわかった。「亡くなったそうよ。ランディ、なんと言ったらいいか」

僕は椅子に坐《すわ》りこみ、机のうえの黄色いノートパッドを見つめた。ダービーとの最後の記憶を心に思い浮かべた。彼のホームコース、ショール・クリーク・ゴルフコースの十八番ホール、ティーグラウンドに立ち、PGAチャンピオンシップが五年ぶりにショール・クリークで開催されることを僕に話していた。そして彼は専売特許のドローボールを放った。ボールはフェアウェイの右に飛び出すと、コースの真ん中に向かって弧を描くようにして戻ってきて、ティーグラウンドからおよそ二百八十五ヤードの地点に止まった。彼の滑らかなスイングは、僕がこれまでに見てきたなかでも最高のものだった。「どうだ、ランドルフ！」ダービーは叫んだ。僕はそこそこよいティーショットで彼に続き、フェアウェイの右、彼のボールから優に二十ヤード手前にボールを運んだ。ティーショットの距離は、ダービーの長所のひとつだった。それこそが僕の友人であり、アラバマ大学ゴルフチームの元チームメイトであった彼が、十九年間PGAツアーでプレイしてきた理由のひとつだった。

その彼が死んだ。

「ランディ、聞いてる？」

「ああ」と僕は言った。現実に戻ろうとしたがうまくいかなかった。彼と初めて会ったとき、僕は大学一年生だった。ダービーは四年生で、この国でも最も優秀な学生ゴルファーのひとりだった。コーチは、遠征中に僕と同室になってくれるようダービーに頼んだ。最初は自分の師ともいえる存在の彼にどう接したらいいかわからなかった。だが彼は、紹介された瞬間から僕のことを〝ランドルフ〟と呼んだ。僕の本名はランドールで、これまでのニックネームもランディだったのに。だが、チームのほかのみんなと同じように、僕も結局、ダービーのウィットに富んだ性格、おおらかな物腰、そして信じられないプレイに憧れるようになっていた。僕が知っているなかで、一晩中パーティーを愉《たの》しんだあとにコースに現れ、アンダーパーでプレイできる人物は彼しかいなかった。彼はコースの内外を問わず、僕を冒険に付き合わせ、僕らは友人となった。大学を卒業し、彼のゴルフキャリアが花開き、僕のゴルフキャリアが萎《しぼ》んだあとも、ふたりの友情は続いた。彼は親友だった。そう思っていた。

そんな彼がこの世を去った……

「ランディ？」メアリー・アリスがもう一度訊《き》いた。声が一オクターブ高くなっていた。「大丈夫？」

「ああ、大丈夫だ」とうそをついた。「ただ……信じられなくて。どうしてわかったんだい？」

「シャーロットから電話があったの。あなたに直接電話するつもりだったけど、とてもできないって言ってた」

「何があったんだ？」

「ダービーはショール・クリークでワンラウンドしたあと、ジン・トニックを二、三杯飲んで、七時頃にコースをあとにしたらしいの。そのあと何があったかはわからないけど、警察は〈ジャガー〉の床に半分空になった〈ボンベイ・サファイア〉の七百五十ミリリットル瓶を発見したそうよ」

ダービーが彼の白い〈ジャガー〉をどれだけ愛していたかを思い出して、ことばを失った。ランドルフ、こいつは世界最高の車だぞ、と彼は言っていた。初めて僕を自慢の愛車に乗せてくれたときのことだった。目尻に涙がこみ上げてきた。

「シャーロットの様子はどうだった？」

「大丈夫そう。今は悲しいというよりも彼に怒ってるんだと思う」

「何か必要だと言ってなかったかい？　何か僕たちに……」

「ううん。葬儀は金曜日だそうよ。派手なものじゃなくて、ささやかな葬儀だって。葬儀の日程が、週末のマスターズの放送と重なったら、ダービーが激怒するだろうってシャーロットは言ってた」

僕は笑みを浮かべるとほほの涙を拭った。「ダービーらしい」

数秒間、電話は沈黙に包まれた。「本当に大丈夫？」メアリー・アリスが訊いた。「このあとは休みを取ったら？」

僕は椅子から立ち上がった。「いや……それはできない。デビーと同僚たちが僕のためにケーキを用意してくれてるんだ。それに――」

「あなたの誕生日」メアリー・アリスは鼻をすすりながら、さえぎるようにそう言った。「信じられない。あなたの誕生日にこんなことが起きるなんて。ランディ、本当に残念だわ」

僕もだ。そう思った。「また今夜。ハニー、僕は大丈夫だから」

「外に出たくないなら、家で何か作るわ」

「わかった、その場で考えよう」と僕は言った。「もう行かなきゃ」

「ランディ?」

「なんだい、ハニー」

「愛してるわ」

僕は眼を閉じた。ダービー・ヘイズのことではなく、テネシー川の冷たく、暗い水面のことを考えていた。「僕も愛してる」なんとかそう言うと電話を切った。

三

昼食には、歩いてダウンタウンにあるサンドイッチとアイスクリームの店〈ゴリンズ〉へ行くつもりだった。この世で最後の昼食はお気に入りの店で食べたかった。〈ゴリンズ〉は今まで僕が味わったなかでも最高のチキンフィンガーを出すのだ。

だが、気がつくと、まるでダービーのことを知ったあとに僕の心が自動操縦に切り替わってしまったかのように、トゥイッケナム・カントリークラブに向けて車を走らせていた。僕の法律事務所には、アソシエイトに対する福利厚生の特典はほとんどなかったが、パートナーは、事務所で唯一ゴルフをする僕に、クラブの法人会員権の利用を認めてくれていた。この特典を利用して、年に十ラウンドプレイするとともに、子どもたちのためにコースや練習施設も利用することができ、その見返りとしてクライアントをもてなして、新たなビジネスを獲得することを期待されていた。

三年前に金銭上のトラブルを抱えるようになってから、既存の顧客や見込み客との義務的なプレイ以外で愉しむことができたのは、仕事のあとの夕方の早い時間に、娘のデイヴィスと過ごす時間だけだった。美しく活気に満ちた娘が、顔と首に汗をかきながら、茶色い髪が顔の横でもつれるまでボールを打っているのを見るのは、僕を唯一平和な気持ちにしてくれた。

だが今日、たった今聞いたダービーの死に関するニュースと、明日しようとしていることを考え、なんとなく不良を気取りたい気分になっていた。まっすぐ、バーラウンジに行くと、今は亡き友人に敬意を表して、ジン・トニックを注文した。

「今日はお休みなんですか、ミスター・クラーク?」

振り向くと、クラブの若いアシスタント・プロ、カリー・ハーヴェラがいた。彼はほほ笑みながら言った。「久しぶりですね」

僕は頷《うなず》くと、ジン・トニックを一口飲んだ。「そうだな、だけど今日は……」心のなかには、十年前、白いゴルフシャツにグリーンのスラックスという姿で、オーガスタの十三番ホールを大股で歩くダービー・ヘイズの姿があった。ダービーはその年、マスターズの土曜日のラウンドのために僕にギャラリーバッジを用意してくれた。その日はずっと彼のラウンドについて回った。十三番ホールで、彼はいつもと同じように口笛を吹きながら僕のところにやってきた。

「ランドルフ、このトーナメントで注目されるには、ここでイーグルが必要だ。カメラの準備をしろ」そう言うとボールのところまで歩いていき、くわえていた煙草《たばこ》を二度吸ったあと、三番ウッド《スプーン》でピンフラッグの右に向かってボールを放った。ボールはかろうじてレイズ・クリークを越えてグリーン手前に落ち、ピンから一・五メートルのところに止まった。ダービーは僕のほうを見ると、お辞儀をした。それまで見たなかでも最高のショットだった。

「ミスター・クラーク?」カリーの声は一マイルも先から聞こえてくるようだった。心配そうに眉間にしわを寄せている彼を見て、僕はわれに返った。

「今日は僕の誕生日でね、カリー。ワンラウンドしようと思って来たんだ」

「いいですね。一時にビッグチームマッチをするパーティーがありますから、そこに入《はい》れるかもしれません」

「ありがとう」と僕は言い、グラスの残りを飲み干した。

カリーは空のグラスを見てから、僕を見た。「大丈夫ですか、ミスター・クラーク？」

「大丈夫だよ。四十歳になった自分へのちょっとしたご褒美だ」僕はバーテンダーにジェスチャーでお代わりを頼むと、カリーのほうを向いてほほ笑んだ。「心配ないよ、カリー」

ジン・トニックが注がれたグラスから、ぐいっと一口飲んだ。

「やあ、クラーク」肩越しに耳障りな声がした。

「ああ」もう一口飲みながら、振り向かずに答えた。

「ひとり足りてないんだ。一時スタートのパーティーに、もうひとりローハンデのプレイヤーが必要だ。参加するか、それともそのまま飲んでるか？」

「うちのチームのメンバーは？」バーの鏡越しにモックと眼を合わせて訊いた。

「シンプソン、ヴォーウエル、それにブーンだ」

「君のチームは？」

「コーチ、フィンガー、それにミュール」

僕は笑みを浮かべた。正直に言って、これまではニックネームしか知らない連中とビッグチームマッチをプレイするのは避けてきた。賭け金の清算が面倒になるからだ。

「やるのか、クラーク？」

ジン・トニックの残りを飲み干すと、スツールをくるりと回した。どうして思いつかなかったのだろう。この荒涼とした世界での最後の午後は、ゴルフコースで過ごすべきだということを。秘書のデビーが開いてくれるオフィスパーティーをすっぽかすことに罪悪感を覚えた。だが、彼女も理解してくれるだろう。

ありがとう、ダービー。スツールから飛び降りると、モックをにらむように見た。「で、賭けは？」

四

典型的なビッグチームマッチのときの、細かなギャンブルの取り決めについては、あまり気にしたことはなかった。それは簡単に言えばバーディーゲームだった。四人一組のチームが別のチームと対戦し、より多くのバーディーを取ったチームが勝利する。各チームはA、B、C、Dの各レベルのプレイヤーで構成され、それぞれのレベルはゴルファーのUSGAハンディキャップに基づいて決められた。プレイヤーが正式なハンディキャップを持っていない場合、参加は認められなかった。サンドバッガー——ハンディキャップを実際よりも高く申告するプレイヤー——は、少なくともトゥイッケナム・カントリークラブのビッグチームマッチにおいては、地球上で最低のクズとみなされた。

僕のハンディキャップはゼロ、つまりスクラッチ・プレイヤーだ。残念なことに、僕のプレイはほかのAプレイヤーよりも安定していた。つまり、多くのパーを取って、よいスコアでプレイするものの、賭けに勝つためのバーディーを取るのは得意ではなかったのだ。だが、おそらく体のなかに残っていたジンのせいだろう。あるいは十八時間後にはテネシー・リバー・ブリッジから飛び込むつもりだったので、失うものは何もないという事実がそうさせたのかもしれない。最初の九ホールはとにかく何をしてもうまくいった。いつもの守りのプレイスタイルを捨てて、すべてのホールでピンを狙いに行き、木々が生い茂るタイトなコースでもティーグラウンドからドライバーを使った。最初の六ホールでバーディーを奪い、九番ホールでは起伏の激しいグリーンで八メートルのパットを決め、二十九というスコアで上がった。

五ホール目くらいから、チームメイトでさえ話しかけてこなくなった。いつもなら、同じチームのほかのプレイヤーとおしゃべりをしていたのに、今日はほとんどチームメイトも眼に入ってこなかった。ブランド・シンプソンは僕らのチームのBプレイヤーで、僕がバーディーを取っていないふたつのホールでバーディーを奪っていた。彼は意地悪な性格の不動産開発業者だった。何年か前に、新しいプレイヤーがビッグチームマッチに参加し、賭けの負け分を持っていなかったとき、シンプソンはその哀れな男の右膝頭を七番アイアンで打ちすえた。言うまでもなく、その男は二度とクラブに現れなかった。この一件でシンプソンはクラブの理事から、もしまた同じようなことをしたら、退会処分にすると警告された。だが、仲間うちでは彼は伝説となった。

「コースレコードは六十三だ」とシンプソンが囁《ささや》いた。僕は後半のスタートを前に、バーでジン・トニックを飲んでいた。

ジンを飲みながら、彼をじっと見た。「いや、違う」と僕は言った。「コースレコードは五十七だ」

シンプソンは頭を掻《か》きながら僕をにらんだ。「おれはこのコースのメンバーになって十五年だ」と彼は言った。「そのおれがうそつきだというのか、クラーク?」彼は身を乗り出した。息に〈ミラー・ライト〉のにおいがした。シンプソンはラウンド中であっても、いつも十二缶パックのビールを携えて飲んでいた。

「いやそんなつもりはない。確かに記録されているコースレコードは六十三だ」僕はそう言うと、グラスの残りを飲み干した。「僕が言ってるのは、五年前にこのコースを五十七で回った人物がいたということだ。彼はクラブメンバーの記録を奪いたくないと言って、クラブには報告しなかったんだ」

シンプソンは薄ら笑いを浮かべて言った。「その〝善きサマリア人〟は誰だ?」

「死んだよ」僕はそう言うと、シンプソンにウインクをしてスツールから下りた。


僕のプレイはバックナインに入ると勢いを失った。十一番ホールの短いパー5は、このコースのなかでは簡単なホールのひとつで、僕は二打目でグリーンを狙ったものの、ボールを引っかけてグリーンサイドの池に入れてしまった。ボギーで上がり、シンプソンもチームを救うことはできず、パーに終わった。体のなかのアルコールが感覚を鈍らせていき、ティーショットが右へ左へと乱れ始めた。幸いにも、酒がグリーン上での緊張を和らげ、パットは依然としてよく入った。不安定なショットにもかかわらず、十三番と十五番、十六番ホールでバーディーを奪うことができた。

日が暮れてくるにつれて、感情が昂《たかぶ》ってきた。僕はずっとデイヴィスのことを思い出していた。八歳のとき、水着のうえに襟のついたシャツを着て、水泳のあとの濡《ぬ》れた髪のまま、練習グリーンでパッティング競争をしようと僕に手を振っている姿。夏の夜は、よく太陽が沈んで見えなくなるまでパットをしたものだった。笑い合い、互いにからかい合った。デイヴィスは僕がわざと彼女を勝たせたと思うと不機嫌になった。メアリー・アリスがプールからもう帰る時間だと声をかけるまでふたりで愉しんだ。今、思い返してみると、あの頃は僕が大人になってからの人生で、一番幸せな日々だったのかもしれない。

十七番のパーパットがカップに沈んだとき、眼に涙が浮かんできた。

僕の人生は終わった。

トゥイッケナム・カントリークラブの十八番ホールは、右ドッグレッグのパー4だった。ホールの右サイド全体に沿ってフェンスがあり、その向こうにはアラバマ州ハンツビルのメインストリートであるメモリアルパークウェイが走っていた。ティーグラウンドは道路から数メートルのところにあり、長年にわたって車の窓からかけられる「フォア!」という声やからかいのことば、卑猥《ひわい》なことばのせいで、多くのショットが台無しにされてきた。このホールは短く、トゥイッケナムのほかのホールと同じく、非常にタイトだった。フェアウェイウッドかロングアイアンで、確実にフェアウェイをキープするのが正しい攻め方だった。安全なティーショットをすれば、二打目はグリーンまで百四十ヤードを残すだけだ。優秀なプレイヤーがドライバーでティーショットを打てば、フェアウェイを突き抜けてクラブハウスを直撃してしまう可能性もあった。もちろん、左に外すほうが――理想的とは言えないが――まだましだった。ティーショットが右に行き過ぎるとメモリアルパークウェイに落ちてしまうことになるからだ。

「ここはバーディーで締めくくる必要がある」僕が地面にボールを置くと、シンプソンがそう言った。ほかのふたりのプレイヤー、Ｃプレイヤーである自動車販売会社オーナーのパット・ヴォーウェルとＤプレイヤーである不動産取引専門の弁護士、Ｊ・Ｐ・ブーンのふたりも同意するように頷いた。ビッグチームマッチのよいところは、多くの場合、ＣプレイヤーやＤプレイヤーでも一ラウンドに少なくとも一回程度はバーディーを取ってチームに貢献できるところだった。パットもＪ・Ｐもすでにその役割は果たしていた。

　十八番は簡単なホールではなく、ここまで素晴らしいラウンドをしてきても、このホールでスコアを落とすことが多かった。だが、九番と十八番ホールでのバーディーはポイントが二倍になる。ここのスコアひとつでゲーム全体がひっくり返る可能性もあるのだ。

　ボールをティーアップすると、フェアウェイを見つめた。僕は、十八番ではいつもそうするように、信頼できる〈マグレガー〉のパーシモンヘッドの四番ウッド《バッフィ》を選択した。このクラブで二百十ヤードのショットを打てば、飛びすぎることなく、このコースの距離を最大限に生かす完璧なショットとなるはずだった。素振りをすると、四車線のパークウェイを眺めた。午後五時、数秒おきに車が音を立てて通り過ぎて行った。

　そのとき、僕はダービーのことを思い出した。二年前、ＰＧＡツアーを引退した数週間後、ダービーが遊びに来てくれたことがあった。彼はテネシー州ロジャーズビルの湖畔に別荘を持っていて、州で最高のゴルフコースのひとつであるタートル・ポイント・カントリークラブで僕をもてなしてくれるつもりだった。だが、僕のリクエストで、わがままを言ってトゥイッケナムでプレイしてもらうことにした。ビッグチームの仲間を招待して観戦させようとしたが、ダービーは、大騒ぎはしたくないと言って断った。

彼は一番ホールでティーショットを打とうとする直前に、何げなくコースレコードを訊いてきた。六十三だと答えると、ダービーはほほ笑んでから、フェアウェイの真ん中に三百ヤードの美しいドローボールを放った。彼はフロントナインを二十八で上がった。今日の僕よりも一打よいスコアだ。八つのバーディーにパーがひとつ。バックナインは、それほど眼を見張るものではなかったが、それでも十分素晴らしかった。十八番ホールに来たとき、パーで上がりさえすれば五十八というスコアだった。僕の知る限り、どんなコースであれ、五十九というスコアはゴルフの歴史においても最高のラウンドと言ってよかった。僕の友人はその記録を破ろうとしていた。

ダービーは、僕ほどは感動していないようだった。彼は仕上げのホール――その狭さと難しさでクラブメンバーを困惑させてきたホール――を眺めて笑った。「ランドルフ、賭けてもいい。ここのメンバーはこのブービートラップが大好きなんだろうな」そう言うと、ドライバーを手にして、メモリアルパークウェイを向かってくる車の流れに直接ショットを打つかのようにスタンスを取った。

「ダーブ、いったい何をしてるんだ?」

「攻撃的なルートを取る」と彼は言った。僕が止める前に、彼は夕方の空に向かってショットを放った。ボールは最短コースでパークウェイの右車線に向かって飛び出し、弧を描いてフェンスを越えてコースに戻ってきた。止まったとき、ボールはカップの手前約六メートルにグリーンオンした。

僕はことばを失った。それはオーガスタでダービーが放ったショットよりも肝の据わったショットだった。もし失敗していたら、記録的なラウンドも台無しになっていただろう。だが彼はツーパットで五十七というスコアで上がり、誰にも言わないようにと僕に約束させた。

「ボールを打つのか、それとも車の流れを見てるだけなのか、クラーク」とシンプソンがカートから叫んだ。歯をくいしばり、彼を無視しようとした。ブランド・シンプソンのような男はゴルフの評判を落とすだけだ。もし彼を嘘発見器にかけたら、僕がバーディーを取ろうが取るまいが気にしていないことがわかるだろう。バーディーを取れば、彼は金を儲《もう》ける。取れなければ僕の失敗するところを見ることができる。自分のことしか考えないシンプソンにとってはどちらでもよいのだ。

「ダイエットビールでも飲んで黙ってろ」と僕は言うと、カートに戻って、四番ウッド《バッフィ》をドライバーと取り替えた。

「何をしてるんだ？　勝負を投げるのか？」とシンプソンが訊いた。が、僕は無視した。

「おい、お前に言ってるんだぞ」ビールのせいで少し舌が回っていなかった。僕は肩越しに彼にほほ笑むと、ダービーがオーガスタで僕に言ったことばを思い出して言った。

「カメラの準備をしろ」そう言うと、自分自身に考える時間を与えず、メモリアルパークウェイのほうを向いてスタンスを取った。「このショットを君に捧《ささ》げる、ダーブ」僕はそう囁くとスイングを始めた。

ショットを放つと、ボールはパークウェイのうえに飛び出していった。弧の頂点でボールは左に曲がり始めた。僕はニヤリと笑った。

「やれやれ、馬糞《ばふん》に首まで浸《つ》かることになるぞ」とシンプソンは言った。

ティーグラウンドからはボールがどこに止まったかはわからなかったが、グリーンに乗っていなくてもかなり近いところにあると確信していた。

「ナイスショットだ、クラーク」とJ・Pは僕の背中を叩《たた》いて言った。カートをシェアしていたパット・ヴォーウェルは、僕がかがむと体を寄せて囁いた。「おなじみのドローボールで、パークウェイ越えってわけか、ハッ？」パットには辛口のユーモアのセンスがあり、僕はそれが好きだった。

「そうするべきだと思ったんだ」と僕は言った。眼の奥が熱くなり、最後のことばは声が上ずっていた。

「ランディ、大丈夫か？」僕がカートのアクセルに足をかけ、ティーグラウンドをあとにするとき、パットがそう訊いた。

彼を見て眉をひそめた。ビッグチームのほかのメンバーが僕の精神状態を少しでも気にしているように見えたのは初めてのことだった。プレイヤーのあいだでは、仕事やゴルフ、そのほかの表面的な話しかしないという、暗黙のルールがあった。

「大丈夫だよ、パット」僕はなんとかそう答えた。が、眼には涙があふれてきて、慌てて拭った。「四十歳の誕生日なんだ。ちょっと昔のことを思い出してしまったようだ」

彼がまだ見ているのを感じていたが、何も言わなかった。やがて彼が言った。「そうか、誕生日おめでとう。これまで見たなかでも最高に素晴らしいショットだったよ」

ボールはグリーンを数十センチだけ外れていた。君には敵わなかったな、ダーブ。僕はそう思った。完璧な結果だとわかっていたが。ダービー・ヘイズに比べると自分の人生なんて色あせて見えると思った。だが、僕の白いボールに書かれた〝Titleist〟のロゴを見ると、いつも彼に及ばないときに感じる苦い思いは湧き上がってこなかった。まったく感じなかった。

あえてアイアンは使わず、パターを持ってボールに向かった。ボールはグリーンエッジ近くにあったので、チップショットを失敗するリスクを避けるため、パターを使うことにしたのだ。ゴルファーのあいだでは、〝テキサスウエッジ〟と呼ばれているショットだ。テキサスのプレイヤーが、地元の、タイトでフラットなコースでよくこのショットを使っていた。僕はピンから十五メートルのところにいて、パートナーたちはグリーンの周りにいた。彼らが自分のショットを終えると、次は僕の番だった。ボールに近づくと、カップに向かってパットを放った。

ボールはまっすぐ進み、しっかりとカップに吸い込まれた。イーグルだ。

J・P・ブーンがパターを空中に放り投げると僕に向かって走ってきて、手荒く抱きしめた。彼の後ろではパット・ヴォーウェルが手を差し出し、僕らはハイタッチをして喜び合った。

「信じられない」と彼は言った。

まだカップのそばに立っていたシンプソンがボールを拾い上げた。彼のほうに歩み寄ると、ボールを僕のほうに投げた。「すげえショットだ、クラーク。お前のおかげで儲けさせてもらったよ」

「どういたしまして」と僕は言った。家族が負っている借金の山はそんな金では少しも減りはしないとわかっていた。そんな考えを頭から振り払うと、ピンフラッグの向こうのメモリアルパークウエイを見ながら、最後のカップインにダービー・ヘイズが何か関わっていたのだろうかと思った。

五

その夜、家に帰ったときには十時になっていた。メアリー・アリスとデイヴィスとの誕生日ディナーの約束をすっぽかすことに罪悪感を感じていたが、どうしても家に帰る気になれなかったのだ。ほんの数時間のあいだだけ、この三年間、自分に屈服を強いてきた借金と喪失感という名の悪魔から逃げ出した。

ラウンドが終わったあと、僕らは賭け金を清算した。取り分はそれぞれ五百ドルとなった。借金の山はへこみすらしない。札束をポケットに入れ、鼻で笑いながら僕はそう思った。モック、ミュール、コーチ、そしてフィンガーの四人はビッグチームの常連だったが、ここまで大負けしたことはなかった。それでも僕らにおごってもらって愉しんでいた。最終ホールのイーグルで僕はアウトを三十四で回り、フロントの二十九と合わせて、六十三のコースレコードタイで回っていた。シンプソンによると、コースレコードを出したら、チーム全員に〈ジャックダニエル〉を一杯ずつおごらなければならないのだそうだ。僕は賭けの儲けでみんなにおごってやった。

ゴルフと酒のあとは、カードゲームをした。時折、ゴルフよりも激しい戦いとなることもあったが、ジンとウイスキーを飲みすぎて、眼を開けているのもつらくなっていた。三時間ポーカーをしたあと、別れを告げ、重い足取りで車に戻った。満月が一番ホールのフェアウェイに光を降り注いでいた。一瞬立ち止まり、その光景の美しさに息を飲んだ。そのとき、月の光に照らされた場所に人影が見えた気がした。まばたきをするとその影は消えていた。だが、僕の心の眼にはまだ見えていた。ティーグラウンドから三百ヤード離れた場所で、グリーンに向かってパンチショットを打っていた。ダービーだったのだろうか。それとも僕が酔っぱらっていただけなのだろうか？　よくわからなかった。

車に乗り込むと、やはり月に照らされた練習用グリーンに知らず知らずのうちに眼がいった。僕は娘の濡れた髪と、ウイニングパットを打とうとするときに、彼女の眼に宿る強い決意のまなざしを思い浮かべていた。そして……ボールがカップに吸い込まれたときに、彼女の叫び声ににじむ混じりけのない喜びを聞いていた。

「パパ、やったよ！」

僕はグリーンに向かって頷くと、車のギアを入れた。

本当なら車を運転するべきではなかったが、制限速度を守って、ハンツビルのブロッサムウッド地区にある自宅まで、八キロの道のりを車を走らせた。僕らが住んでいたのは、ローカスト通りにあるベッドルームが三つ、バスルームがふたつある家だった。二百平米の家は、三人家族には十分な大きさだった。以前は少なくとも三人の子どもを持って大きな家に住み、将来的には湖畔の別荘や海辺のコンドミニアムを持ちたいと思っていた。

車をカーポートに止めながら、自分の歯ぎしりをする音が聞こえたような気がした。人生が……そして父が……僕たちの希望と夢を台無しにした。デイヴィスが生まれたあと、メアリー・アリスがグラハムを妊娠するまで八年もかかった。やっと妊娠したとき、メアリー・アリスは帝王切開をしなければならず、合併症を併発してしまった。息子は無事に生まれたものの、妻はこれ以上子どもを産めない体になってしまった。

そして、グラハムは……

僕は眼を閉じてハンドルに額を預けた。心のなかでは、三年半前のクリスマスに、〈ホットウィール〉のミニカーの箱を開け、居間のじゅうたんが擦り切れるまで一日中遊んでいるグラハムの姿を思い浮かべていた。最後にはツリーの下でパジャマのまま寝てしまった。四歳だった。くすんだブロンドの髪、母親譲りの茶色い瞳、そして歳《とし》のわりには丈夫で運動神経もよかった。すでにキャッチボールができたし、裏庭で姉のお下がりのゴルフクラブでスイングするのが好きだった。僕の計画ではその年の夏にはコースに連れて行くつもりだった。

それなのにクリスマスの二週間後、グラハムは白血病と診断された。そしてその三カ月後の三月三日、五歳の誕生日からわずか数週間後、彼はこの世を去った。

眼を固く閉じたが、それでも涙がこぼれてきた。息子が死んでから三十七カ月と六日。今でもその痛みは鮮明に残っていた。

決して癒えない傷。永遠に……

ようやくため息をつくと眼を開けた。シートにもたれると、ほほを濡らしたものを拭った。

グラハムが死んだ一年後、メアリー・アリスと僕は養子縁組について話し合った。だが、ふたりともそのことを真剣に考えることはできなかった。

より大きな家も、湖畔の別荘も、保険専門の被告側弁護士にとっては夢のような話だった。およそ四年前、グラハムが病気になる前に、僕は原告側弁護士の事務所に移籍しないかという誘いを受けたことがあった。大きな成功報酬を得る可能性があったが、父に説得された。報酬のわりにリスクが大きすぎる。ひとりの勝者に対し、十人の敗者がいるだろう。やる価値はない、ランディ。お前には責任があるんだぞ……

父は口にしなかったが、僕には、父が僕の将来のことを話すときのいつものことばが聞こえていた。すべての男は、人生のどこかで自分がジョー・ネイマスにはなれないと気づくときがある。

僕はそのチャンスをあきらめた。そのあと、グラハムが病気になった。健康保険ではすべての支払をカバーすることはできず、多額の借金が残った。

記憶の道をたどる拷問のような旅に疲れ、僕はよろめくように車を降りた。

十二年間住んでいる家に入ると、キッチンからローストビーフの香りがほんのりとしてきた。家のなかで唯一ついていた灯りは、居間のテレビだった。僕はテレビのほうに歩いた。罪悪感が蘇《よみがえ》ってきた。ブラウン管の光がキッチンのテーブルを照らしている。そこには四十本のろうそくとともにバースデーケーキがあった。隣にはペーパータオルに覆われた料理の皿がある。ペーパータオルを外すと、僕の大好物があった。〈ブーツ・ステーキハウス〉のプライムリブステーキとベイクドポテトだ。妻がテイクアウトしてくれたのだ……。後悔を覚えながら、グラスに水を注ぐと居間に戻った。

娘のデイヴィスがソファに横になってテレビを見ていた。茶色い髪はシャワーで濡れていて、グレーのアスレチックショーツに、ハンツビル高校ゴルフチームのロゴのついた赤いトレーナーを着ていた。一瞬、八歳の頃のデイヴィスが、眼の前の十六歳の少女の真剣なまなざしで、パッティング競争をしようとせがんでいる姿が眼に浮かんだ。

「ハイ、パパ」と彼女は言った。立ち上がると、心配の刻まれた眼から前髪を払った。「誕生日おめでとう」

「ありがとう」と僕は言うと、彼女を抱き寄せてハグをした。「夕食をすっぽかしてすまなかった」

「大丈夫よ、ママからミスター・ヘイズのことを聞いたから。なんて言ったらいいか。わたしも彼のことが好きだったから」彼女はそう言うと、一歩下がって腕を組んだ。

「彼もお前のことが好きだった」

デイヴィスと僕は何度か、ダービーとラウンドしたことがあり、二年前、ダービーは僕ら家族全員のためにマスターズの観戦チケットを手に入れてくれた。オーガスタ・ナショナルの神聖なコースを歩くことは、グラハムが死んだあとの僕たち家族にとっては、最高の瞬間だったかもしれない。

「なんかにおうね……酔ってる?」彼女はソファの端に腰をかけたが、視線は僕に向けたままだった。

僕は低くうなると頷いた。恥ずかしさでほほが赤くなった。

「少しだけ」

ソファの隣の茶色い革製の椅子に腰を下ろした。テレビの画面には、見慣れたオーガスタ・ナショナル・ゴルフクラブ――マスターズ・ゴルフトーナメントの開催地――が映っていた。

「で、キャスターはなんて言ってる?」話題を変えようと思って僕は言った。僕とデイヴィスのお気に入りのひとつは、ESPNの〈スポーツセンター〉――その日のすべてのスポーツをまとめてハイライトで見せてくれる番組――を一緒に見ることだった。

「一番人気はバレステロスみたい、でもほかのプレイヤーにもチャンスがある。ランガー、フアルド、グレッグ・ノーマン……」彼女の声は次第に小さくなっていった。

「アメリカ人は?」

「カーティス・ストレンジとトム・カイト」

僕は水を一口飲んだ。「ジャックのことは何か言ってなかったかい?」

「ううん」とデイヴィスは言った。「新しいパターを試すってことだけ」

僕は顎をぐいと引いた。昨日のハイライトで、ジャック・ニクラウスはグリーン上でほかの人の二倍はあろうかというヘッドのパターを使っていた。「プレイヤーが変わった道具を試そうとするときは……」僕の声は次第に小さくなっていった。

「キャスターたちは、彼にはチャンスはないって言ってる。彼のクラブは錆《さ》びついてるから、吊《つ》るしておくべきだって」

僕は首を振った。ゴルフ史上最高のチャンピオンにそんなことを言うなんてどこのどいつだ？

「ママと話したほうがいいかも」とデイヴィスは言った。「パパが夕食に帰って来なくてすごく心配してたから」

僕は眼を閉じた。キッチンのテーブルのうえの料理とケーキのことを思い出した。「わかってる」と言うと立ち上がった。

「ねえ、パパ。この週末、一緒にラウンドする時間ない？」

娘を見つめながら、明日の朝の計画のことを考えていた。

「今週末は忙しいんだ。ごめんよ、チャンプ」

娘はカーペットの敷かれた床を見下ろした。「じゃあ、マスターズの最終日だけでも一緒に見ない？」

僕は娘に近づくと、身を乗り出して頭にキスをした。「愛してるよ、チャンプ」と僕は言った。

彼女は僕を見上げると言った。「わたしも、パパ」

涙をこらえながら、慌てて背を向けるとキッチンに向かった。

「大丈夫、パパ？」デイヴィスが後ろから声をかけた。

僕は肩越しに見た。「ああ、大丈夫だよ、ハニー。ちょっと疲れただけだ」ベッドルームに着くと、ドアが少し開いていた。なかを覗《のぞ》くと、メアリー・アリスはもう寝ていた。だが、ベッドに近づくと、妻が鼻をすする音が聞こえた。

「ハニー?」

彼女は僕に背を向けて横になっていた。「夕食はテーブルのうえにあるわ。ケーキは明日食べましょう」低くすすり泣くような声だった。感情を通り越して、冷たさすら感じる口調だった。

「ありがとう」僕はなんとかそう言うと、ベッドに坐って彼女の腰に手を置いた。彼女は僕のほうを見なかった。「ごめんよ、計画を台無しにしてしまって。ケーキおいしそうだね」

「ランディ?」彼女が肩越しに僕を見た。暗闇のなか、僕には彼女の眼は見えなかった。見えたのは彼女の顔の影だけだった。「ダービーのことは残念だったわ。彼はあなたのヒーローだった」

僕は妻の顔の輪郭を見つめながら眼をしばたたいた。

メアリー・アリスはダービーのことをあまり好きではなかったが、それでも彼女とダービーの妻シャーロットは長年のあいだに親しくなっていた。何か慰めのことばを言おうと口を開いたが、なんのことばも口をついて出てこなかった。代わりに僕は妻の腰を軽く叩くと立ち上がった。

彼女はダービーが僕のヒーローだと思っている……

部屋を出ながら、ダービーのことを思い出していた。オーガスタの十三番のフェアウェイを大股で歩き、口の端に煙草をぶら下げ、僕にウインクして二打でグリーンを狙おうとするダービー。僕が彼に憧れ、彼の成功を羨んでいたのは事実だ。だけどヒーローだって?

閉めたベッドルームの扉に額をもたせかけた。「君は僕のことを何もわかってない」と囁いた。そのことばはむなしく、そして悲しく響いた。いや、もしかしたら妻は僕のことを一番よく知っているのかもしれない。僕はそう思ってベッドルームをあとにすると、重い足取りで歩いた。

皿に盛られた料理とバースデーケーキをほとんど見ることもせず通り過ぎた。絶望感に襲われていた。その種は僕がプロゴルファーになる夢をあきらめたときに蒔《ま》かれていた。デイヴィスが生まれ、そしてグラハムが生まれ、家族の幸せがしばらくそれを埋めていたが、グラハムが死んだとき、その種が芽を出し根付いた。メアリー・アリスと僕がもがき苦しみ、父が死ぬと、その花は開いた。一年間で医療費支払のための借金が増え続け、二十万ドルを超えた。絶望しか感じられなかった。ゴルフコースでデイヴィスと一緒に過ごすとき、そしてダービー――人生という名のゲームをプレイし、勝利した友人――との旧交を温めているときだけ、絶望を忘れることができた。

そして今、ダービー・ヘイズが死んだ。僕が借金を返すことができなければ、デイヴィスはやがて僕たちがとても愛しているゲームをすることもできなくなるだろう。

明日の朝、すべてを解決させよう。テネシー川の暗い水面を思い浮かべながらそう思った。

居間にデイヴィスの姿はなかった。テレビはつけっぱなしのままで、ＥＳＰＮのレポーターはまだオーガスタの話をしていた。僕は壁に沿ってしつらえてあるバーへと歩いた。グラスは取らずに、ボンベイジンのボトルを手にした。それはダービーが来たときのために取っておいたものだった。ふたを開けてソファに坐り、ボトルを唇に持っていった。一口飲むと、アルコールが喉を焦がした。僕は眼を凝らしてテレビを見た。セベ・バレステロスが練習場でボールを打っていた。颯爽《さっそう》としたこのスペイン人はメアリー・アリスのお気に入りだった。彼女が彼に夢中なのは、ゴルフの実力とは無関係だった。テレビの映像はグレッグ・ノーマンに切り替わり、白っぽいブロンドの髪がバレステロスとは好対照なオーストラリア人ゴルファーを映し出した。次にディフェンディング・チャンピオンのベルンハルト・ランガーが練習ラウンドでホールを歩いているところが映し出され、続いてアメリカ人のトム・カイトとカーティス・ストレンジが二分割の画面に映し出された。最後にジャック・ニクラウスが登場した。彼も練習用のパッティング・グリーンにいた。デイヴィスが言っていたパターを見たとき、僕は自分の眼を疑った。まるでホッケーのスティックだ。そう思い、ジンをもう一口飲んだ。ジャックがパットを打つ場面を背景に、彼の戦績のリストが映し出された。十七のメジャータイトル、二度の全米アマチュア選手権優勝、ＰＧＡツアー七十二勝、メジャー準優勝十九回などなど。ジャックの記録は圧倒的であり、信じられないほどだった。

だが、彼の勝利の日々ももう残り少ない。さらに一口ボトルから飲みながら、そう思った。テネシー川の冷たい水面がまた頭に浮かんだ。眼を閉じて酔いを感じた。一日でこんなに酔ったのはいつ以来だろう。思い出せなかった。たぶん、ビーチでのとき以来だ。四年前にガルフ・ショアーズに行った最後の旅行のことを思い出しながらそう思った。

心のなかに砂浜のイメージが浮かんできた。コットンクリーク・ゴルフクラブの四番ホールのティーショットでダービーをアウトドライブしたときのデイヴィスの喜ぶ顔や、メアリー・アリスの黒いビキニ。ダービーとシャーロットがグラハムとデイヴィスと一緒にプールで遊んでいるあいだ、ブラッディ・マリーを飲んで部屋に行ったこと。メアリー・アリスはコンドミニアムに向かって頷き、数分後、僕らは互いの水着をはぎ取った。

あれが最後だっただろうか。眠気が襲ってきて、潮とセックスとウオッカの香りが、波の音と僕たちの快楽のうめき声と混じり合う様子を思い出していた。もしあれが最後なら、悔いはないと思った。

眠りに落ちる前に、映像がスピードを上げた。メアリー・アリスと一緒の砂浜からリトルリーグの野球場と子どもたちへと移っていった。デイヴィスにソフトボールの投げ方を教えたこと。トゥイッケナムでデイヴィスが初めてバーディーを決めたときのこと。グラハムが二歳のときに初めてディズニーランドに行ったときのこと。

最後の画像は毎晩何かの拍子で出てくるものだった。息子のこと。我が子グラハム・クラーク。わずか五歳だった。ベッドに横たわり、緑の『超人ハルク』のパジャマを着ていた。大きな茶色い眼で僕を見ると、簡単な、それでいて答えることのできない質問をした。

「どうして僕は白血病になったの、パパ？」

どうして？

どうして？

そのときは答えられなかった。今も答えられない。

どうして?

夢のなかで息子の茶色い瞳がだんだん暗くなっていった。そしていなくなった。そこには川しかなかった。三十メートルほどうえから見ていた。

冷たく、険しい、速い流れだった。

どうして?

六

声はテレビから聞こえた。少なくともそう思った。

「おれはお前のヒーローじゃない」

僕はまばたきをしながら眼を開けた。すぐに二日酔いの刺すような痛みがこめかみを襲った。テレビはまだついていたが、画面は真っ白になっていた。何時だ？　明け方の三時か四時のはずだった。

「おれはお前のヒーローじゃない」

テレビじゃなかった。僕の隣の革製の椅子に坐っていたのはダービー・ヘイズだった。彼は白のゴルフシャツのうえに黄色いカーディガンセーター、カーキのスラックスという姿だった。

「ダービー」と僕は囁いた。すぐに夢から覚めるだろうと思った。

「どんなふうに見える、ランドルフ？」彼はほほ笑んだ。口を開けると、歯が二本抜けて床に落ちた。

吐き気を催して、ソファから身を乗り出そうとした。が、そこは居間のじゅうたんのうえではなかった。僕は雑草と折れた枝がもつれあう地面に向かって吐いた。

「ジンを飲むといつもひどく具合が悪くなるな、ランドルフ」

雑草を見つめたまま、咳《せ》き込んで眼を覚まそうとした。何が起きているのだろう？

ゆっくりと体を起こして坐った。僕はコンバーチブルのスポーツカーの助手席にいた。フロントガラスが割れ、強いガソリンのにおいが漂っていた。

「おれがお前なら、そこから出るよ」ダービーの声だった。でも、どこから？

夢に違いないとわかっていながら、僕は手探りでシートベルトの留め金を探した。車から出るとよろめきながら数歩離れた。地面はでこぼこで、歩くたびに木の枝の折れる音がした。ここはどこだ？

「ヒュー・ダニエル・ドライブの下の森のなかだ」とダービーのバリトンボイスが響きわたった。「おれの〈ジャガー〉だ」僕は肩越しに白のコンバーチブルを見た。「この車が好きだった」とダービーは言った。そして彼の囁く声を聞いた。「五、四、三……下がれ、ランドルフ」

僕は言われたとおりにした。

「二……一」

爆発が鼓膜を揺らし、森がオレンジの炎に照らされた。炎に包まれた車の先を見つめた。五十メートルほど先にアスファルトの道路が見えた。

「車のなかにいたのか？」と僕は訊いた。

「いや」ダービーは答えた。「崖から転げ落ちたときに車から放り出された。シートベルトをしていなかったんだ。酔っぱらっていた」

「ばかなことを」僕はなんとかそう言い、親指をこめかみに当てた。

「ついて来いよ、ランドルフ」バリトンボイスが直接、耳に入ってくるような気がした。が、振り向くと、彼は十メートル先にいた。ほとんど見えなかった。

「お前に見せたいものがある」ダービー・ヘイズの幽霊が囁いた。

こんなことはありえない。僕はそう思った。だが、闇が迫り、幽霊が森のなかをさらに遠くへと漂っていくと、自分の足が追いかけようとしているのを感じていた。

「お前にやりたいものがある」

「何を?」僕は叫んだ。追いつこうとして低木の茂みにつまずいた。

「プレゼントだ」とダービーは言った。「とても素敵なプレゼントだ」

七

やっとダービーに追いつき、一緒に森の外に出た。まるで森のほうが僕らから離れていったようだった。一瞬、暗闇が広がったが、次第に夜が色を失っていった。太陽の光が空き地に注ぎ込むなか、僕たちはフェアウェイの端に立っていた。

「ここがどこかわかるか？」ダービーは手で示しながら訊いた。

彼の指し示す先にある手入れの行き届いた芝生に眼をやった。二百五十ヤード先にはフェアウェイに突き出るように小川《クリーク》が横切っている。小川の向こう、芝の急斜面を上るとグリーンがあり、グリーン上の右手前に黄色いピンフラッグが見えた。グリーンの奥には四つのバンカーがある。それぞれのバンカーのあいだには満開のツツジが咲き誇っているのが見えた。

「この絵はオフィスの壁に飾ってある」自分の声にショックと畏敬の念が聞いて取れた。「オーガスタの十三番」

ダービーはフェアウェイのセンターに向かって数歩歩くと、ゴルフボールをふたつポケットから取り出して落とした。振り向いた彼の手にはパーシモンヘッドのウッドがあった。

僕はほほ笑んだ。「一九七六年のマスターズで君がこのショットを打つのを見たよ」

ダービーはクラブをワッグル（打つ前にボールの手前でクラブヘッドを軽く前後に振る動作）すると、ボールの後ろに置いた。それからスタンスを決めると眼を細めてグリーンを見た。なんの前触れもなく、彼はスイングを始め、クラブヘッドを後ろに引いて手首をコックした。左肩を回して背中をターゲットに向けたとき、彼がニヤリと笑うのが見えた。体重を左に移動し、コイルのように巻かれた体をボールに向かって解き放つ前、一瞬、彼の体が止まったように見えた。クラブのフェイスがボールに触れると、ダイナマイトのような爆発音がした。ボールはピンフラッグに向かって宙高く舞い上がった。そして頂点に達したところで五ヤードほど左に流れていった。僕は大きな笑みを浮かべた。ダービーの専売特許のドローボールだ。

一瞬、ダービーがミスをして、ボールが小川に落ちるんじゃないかと思った。だが、ボールはグリーンまで一メートル弱、カップから六メートルほどのところに落ち、二、三回小さく跳ねたあと、まっすぐカップに向かって転がり始めた。

「グリーン上に急な傾斜《スピードスロープ》がある」とダービーは言った。「グリーンの起伏《アンジュレーション》を正しくつかめば、ボールは右に転がる」彼はひと呼吸置くと続けた。「日曜日はいつもそこにピンが切られるんだ」

これまでに見てきたマスターズ・トーナメントを思い出しながら僕は頷いた。ピンを右手前に切ることで、ナイスショットのチャンスが広がり、多くのプレイヤーが二打でグリーンを狙うように誘惑される。十三番ホールはパー5なので、セカンドショットでグリーンに乗れば、イーグルのチャンスが生まれる。もちろんショートした場合は、小川に落ちて、ボギーになる可能性も高かった。せっかくのよいラウンドが台無しになるかもしれなかった。そして、日曜日には決勝ラウンドがある。マスターズは日曜日のバックナインまでは本当には始まっていないという、キャスターが言いたがるお決まりのフレーズが頭に浮かんだ。

ダービーのボールは結局、カップのすぐ近くに止まった。二百五十ヤード離れたところからではわかりづらかったが、おそらく一メートル以内につけているだろう。

「素晴らしいショットだ」と僕は言った。「七六年のマスターズの第三ラウンドで同じようなショットを打ったのを覚えてるか?」

「あのときはもう少しグリーンに近い位置からだった」

「これまでトーナメントで見たなかでも最高のショットだった」

ダービーは顔をしかめると、僕にクラブを渡した。「さあ、お前の番だ」

僕は笑った。「ダービー、わかってるだろ、僕にはあんなショットは打てない。ティーアップしてもドライバーで二百六十ヤードがせいぜいだ。ここからだとピンまで少なくとも二百五十ヤードはある」

「オーガスタの十三番ホールなんだぞ、ランドルフ。それにお前は幽霊と話してるんだ。人生を愉しもうぜ」彼は三番ウッド《スプーン》のグリップを僕の手に押しつけた。

僕はクラブを手に取ると、肩をすくめた。天気のよい日なら、僕の三番ウッド《スプーン》の飛距離はおよそ二百四十ヤード。十ヤード足りない。でも、うまく捉えれば……。そのとき、背中に今までなかったかすかなそよ風を感じた。

何も考えずに、僕はボールのところまで歩き、クラブヘッドをボールの後ろに置くと、わずかにフラッグの右を向いて構えた。チャンスがあるとすれば、完璧なドローボールを打つことだ。最後にもう一度グリーンを見てから、スイングを始めた。手のなかでクラブは軽く感じ、驚いたことに体はゆったりとしていながらも軽快だった。ボールを打った瞬間、完璧なショットをしたのがわかっていた。

「すごいぞ、ランドルフ」とダービーが言った。

ボールがレイズ・クリークを越えるようにと心のなかで念じながら、ボールを追って歩き始めた。ずっとこんなショットを放ちたかった。そう思いながらボールを眼で追い、自分がオフィスの壁を飾っている絵のなかに直接足を踏み込んでいることを知った。息を止めて待っていると、ボールが頂点に達し、左にカーブし始めた。

「お帰り」とダービーが言い、ボールが着地した。

彼の言うとおりだった。ボールは小川《クリーク》を数ヤード越えると、ピンの左およそ九メートルのところに止まった。

「スピードスロープには届かなかったが」とダービーは言った。「それでも悪くない」

「これまでで最高のショットだ」と僕は囁いた。

「いや違う」とダービーは言い放ち、大股でグリーンに向かって歩き始めた。

「どういう意味だい？」と僕は尋ね、彼のあとを追った。僕、ランディ・クラークがオーガスタ・ナショナル・ゴルフクラブの十三番ホールを歩いているという夢のような光景を味わいながら。

「あれはお前が今まで打った最高のショットではないということだ。もっといいショットを打つのを見たことがある」

僕は鼻を鳴らすと言った。「いつ？」

「四年前のショール・クリークでのプロアマを覚えてるか？　おれたちはジェリー・ペイト（米国のプロゴルファー。アラバマ大学出身）のグループとナッソー（イン、アウト、合計の三つでそれぞれ勝ち負けを賭ける方法）で賭けをした。おれたちは勝利を目前にしていたが、お前は十七番ホールでグリーンにオンさせる必要があった。残り百四十八ヤード、わずかにアゲインストの風が吹いていた。ほかの五人のアマチュアは言うまでもなく、ふたりのプロゴルファーを含む全員が、お前がダフってミスをすると思って見ていた」

「七番アイアンの距離だ」

彼は立ち止まると、僕の胸に指を突きつけた。「勝負を決めなければならないときに放った、七番アイアンのショット。ボールはピンから三メートルにオンし、おれたちの勝利を確実にした」

「なんでまたそんなことまで覚えてるんだ？」

ダービーはニヤリと笑った。口のなかでは歯が欠けていた。「おれは今、幽霊なんだぞ、ランドルフ。お前にあるものを見せるためにここに来た。だから、覚えているべきことを覚えているのさ。あれは決めなければならないというプレッシャーの下で放った素晴らしいショットだった」彼はそう言うと、ウインクをした。「今日、トゥイッケナムの十八番で放ったパークウェイ越えのドライバーとイーグルパットを決めたのもすごかった」

眼を細めて彼を見た。「あのパットが入ったのは君のおかげなのか？」

彼は首を振った。「とんでもない。あれはお前の実力だ」

僕はうなじを掻きながら、ため息をついた。「君が言った僕のどのショットもこのホールの君の三番ウッドのショットには及びもしない……」立ち止まると、四方に広がる美しい景色を手で示した。「あれはメジャーのチャンピオンシップだった」

彼はほほ笑んだ。が、くぼんだ眼は悲しげだった。「ああ、確かにあのショットを打った。だがイーグルパットを覚えてるか？」

僕は眼をしばたたいた。「えーと……記憶では、確かツーパットしてバーディーだった」

「一・五メートルのイーグルパットをミスしちまった。あれが入れば、ワトソンとクレンショーに二打差まで迫ったのに。ボールはカップをかすりもせず、かろうじて返しのパットを入れることができた。そのあとは、バーディーを奪うこともできず、次の日には七十八も叩いて二十位にすら入れなかった」

僕は彼をにらみつけた。「君は十九年ツアーでプレイした。何十万ドルも稼ぎ、ＰＧＡツアーでは四勝した」

「五勝だ」

「そう、五勝だ。マスターズに二十回近く出場した」僕はもう一度後ろの風景に向かって手をかざし、フェアウェイの両側に並ぶジョージア松の香りを吸い込んだ。

「おれはメジャーで優勝したことはないし、ライダーカップ（アメリカツアーとヨーロピアンツアーの代表選手による対抗戦として、二年に一度行われる団体戦の大会）でアメリカ代表としてプレイしたこともない」とダービーはため息をついた。「それに引退する頃には、ゴルフコースで稼いだ金は全部使い果たしていた」彼は鼻で笑った。「昨日の朝、ジャガーが事故ったとき、銀行にあったのは、別の車を売ってディーラーから支払われた金だけだった」

僕らはレイズ・クリークにかかった小さな橋を渡った。「君は僕の夢を叶えてくれたんだ、ダービー。最高のコースでプレイし、ジャック・ニクラウス、アーノルド・パーマー、トム・ワトソンらとともに歩んだ。僕はずっと君を尊敬してきた」橋の途中で立ち止まった。「メアリー・アリスの言うとおりだ。君は僕のヒーローだ」

ダービーは立ち止まると僕のほうを向いた。「いいや違う。おれはただの酔っ払いだ。ひどい夫で、友人としても最悪だ」

「ふざけてんのか？　毎年、マスターズのギャラリーバッジを用意してくれたじゃないか」

ダービーは首を振るとクラブを手から落とした。空は暗くなり、もうグリーンは見えなかった。めまいを覚えた。橋のらんかんにもたれかかったが、レイズ・クリークはもう見えなかった。

代わりに僕が見ていたのは、テネシー川の濁った水だった。僕は誕生日の朝と同じ場所に立っていた。飛び降りて人生を終わりにしようとしている場所だった。

「お前がグラハムを失ったとき、おれはどこにいた？」ダービーが尋ねた。彼の声は耳元で聞こえた。が、その姿は見えなかった。「病院に行ったか？　葬式に行ったか？」

「君を恨んじゃいない」と僕は言い、眼を閉じた。固く閉じたのに、まるで磁石に引っ張られるようにまぶたが開くのを感じた。モニターのビープ音と、鼻を鳴らす音が聞こえてきた。メアリー・アリスがベッドのうえに坐り、息子の額を撫《な》でながら囁いていた。「もういいのよ、坊や」窓際では母の天使のような顔を涙が伝っていた。母はデイヴィス――母の胸に顔を埋《うず》めていた――を抱きしめていた。デイヴィスは十二歳だった。

息子のベッドの脇に立っている自分自身の姿が見えた。モニターが音を出し、スクリーン上の線がフラットになった。長いモノトーンのビープ音がした。妻の悲鳴が聞こえ、くずおれそうになって膝に両手を置いて支えている自分の姿が見えた。

「ダービー、ここから出してくれ」と僕は言った。その恐ろしい光景から眼を背け、父を見た。父は病室の奥の壁に背をもたせかけていた。腕を組み、涙がほほを伝っていた。僕はグラハムが死んだときの父を覚えていなかった。病室にいたのはわかっていたが、あのときはすべてがぼんやりとしていた。今、僕は父の姿を見ていた。

ベッドに眼を戻すと、もうそこは病院ではなかった。今、僕はメイプルヒル墓地にいた。前日の通夜は盛大で圧倒されるほどだったが、この日の墓地での葬儀はささやかなもので、参列したのは家族と親しい友人だけだった。

テントに近づくと、棺《ひつぎ》のそばに立っている自分の姿が見えた。その後ろにはメアリー・アリスが悲しみに耐える表情で、最前列の椅子に坐っていた。涙で化粧がにじんでいたが、気にしていなかった。デイヴィスと母がその隣に坐っていた。

父は僕の後ろに立ち、耳元で何か囁いていた。

「お父さんはなんと言ったんだ？」ダービーが聞いた。

声のするほうに眼を向けると、友人が横に立っていた。

「僕が強くある必要があると言った。デイヴィスの手本となるように。メアリー・アリスも僕を必要としていると」僕はため息をついた。「すでにわかってることだ」

「おれもここにいるべきだった」とダービーは言った。

「君はどこにいたんだ？」

ダービーは顔をしかめると、パチンと指をならした。すると、墓地は消えてなくなった。新しい光景に慣らそうとして眼をこすった。僕らはじめじめしたホテルの部屋に立っていた。じゅうたんは緑がかった茶色だった。キングサイズのベッドのカバーがはがされ、ダービーがベッドの真ん中で手足を伸ばして横たわっていた。ベッドサイドのテーブルにはジンの空き瓶があった。その横にはブリキの皿があり、白い粉状のものが一面を覆っていた。

振り向くと、バスルームから女性が現れた。シャワーを浴びたばかりで、体はかろうじてタオルで覆われていた。セクシーだった。シャーロットではなかった。

彼女は滑るようにして部屋に入ると、ベッドのうえのダービーを見た。首を振るとソファのほうに向かった。そこにはダービーのスラックスが放り投げてあった。彼女はスラックスの後ろのポケットから財布を取り出した。少なくとも五枚の紙幣を抜き出すと、ダービーに一瞥《いちべつ》もくれることなく、服を着て部屋を出て行った。

「ひどいな」と僕は言った。

「十九年間で、このシーンが何回繰り返されたか知りたいか？」

「いや」と僕は言った。憂鬱な気分に襲われた。

「フロリダでツアーの真っ最中だったから、グラハムの葬儀には出なかった。ハンツビルに飛ぶこともできたのにそうしなかった」

「君はプロのゴルファーだ。仕事だったんだ」

「これが仕事に見えるか？」ダービーは皮肉に満ちた声でそう言うと、ベッドのうえの自分自身を指さした。僕はダービーをちらっと見た。ウインクをしたいつものいたずらっぽい笑顔を予想していたが、彼は虚《うつ》ろなまなざしで見つめ返してきた。死んだ眼で。

「おれには人生なんてなかったんだ、ランドルフ。子どももいなかった。ひどい友人だった。夫としても最悪だった。その自堕落な生活が昨日の晩、おれを殺した」彼は指をパチンと鳴らした。すると、一瞬でテネシー・リバー・ブリッジに戻った。

「だが、お前には人生がある、ランディ」

鼓動が速くなるのを感じ、友人のほうを見た。最後に彼から〝ランディ〟と呼ばれたのがいつだったか思い出せなかった。

「君は僕が望んだすべてだったんだ、ダーブ」

「いや違う」彼はきっぱりと言った。「お前はおれにはなりたくなかったし、おれはお前のヒーローなんかじゃなかった」

暗い川の流れを見下ろし、そしてダービー・ヘイズの幽霊に眼を戻し、囁くように言った。

「僕らは何をしてるんだ？　なぜここに来た？」

　彼が僕に近寄った。

「永遠にこの世を去る前に、お前がこれから受け取ることになる贈り物のことを話さなければならない」

「贈り物？」

　彼は頷いた。「いいかランドルフ、お前にはヒーローがいる。だが、それはおれじゃない」彼はことばを切った。「そしてお前はそのそれぞれとゴルフのラウンド……みたいなもの……をする機会を持つことになる。四人のヒーロー。四つのラウンド。君がずっと尊敬してきたチャンピオンとのトーナメントのようなものだ」彼はクスッと笑った。「ランディ・クラーク・インヴィテーショナルだ」

「どうして？」と僕は尋ねた。そう言うのが精一杯だった。

　ダービーはやっとトレードマークのいたずらっぽい笑顔を見せてウインクをした。「そのうちわかるさ、友よ」彼は歩きだし、僕は彼のあとを追って走った。遠くに十八輪トレーラーが近づいて来るのが見えた。

「このことから何を得るというんだ？」と僕は訊いた。友人に追いつこうとしたが、足元がぐらついた。トレーラーのエンジンの轟音《ごうおん》が近づいてきた。ダービーはその方向にまっすぐ歩いた。「ダーブ！」僕は彼のほうに走った。が、無駄だった。トレーラーが彼からわずか数メートルまで近づくと、ダービーは僕のほうを見て言った。

「すまない、ランドルフ。すべてのことに」

「駄目だ！」僕は叫んだ。走ろうとしたが、足が動かなかった。トレーラーはまるでダービーなどそこにいなかったかのように通り過ぎていった。今度は、トレーラーは僕に向かってきた。もう一度足を動かそうとしたが、駄目だった。

トレーラーの運転席にピントがあったとき、運転している男が見えた。眼を細めてその姿を見た。一瞬、わからなかったが、その眼が輝いたように見えた。父はハンドルに覆いかぶさるようにしていた。

「すべての男は、人生のどこかで自分がジョー・ネイマスにはなれないと気づくときがある」

その声はエンジン音にかき消され、ヘッドライトが眼に飛び込んできた。叫ぼうとしたが、ことばが出てこなかった。両手で顔を覆い、ひざまずいて眼を閉じた。鼻孔がディーゼル燃料のにおいでいっぱいになり、やっと声帯が緩んできた。

そして精一杯の声で叫んだ。

第一ラウンド

八

眼を覚ましたとき、僕が見たのは、父が運転する十八輪トレーラーではなかった。怯《おび》えた表情を浮かべた娘のデイヴィスだった。

「パパ！　起きて！　パパ！」

僕は居間のじゅうたんのうえに横たわっていた。「デイヴィス？」

「うん」と彼女は言った。心配そうに眉間にしわを寄せていた。「夢を見てたのね。悪夢を」

僕は体を起こすと膝に両手をついた。ひどい頭痛で頭がズキズキした。不思議なことに、夢のなかでダービーと話し始めたときには、二日酔いから来る痛みは消えていたのに、今はすさまじい勢いで襲ってきた。「水を持ってきてくれないか、チャンプ？」

「わかった」デイヴィスはどこか怯えた口調でそう言うと、立ち上がってキッチンに向かった。

「ランディ？」メアリー・アリスに声をかけられた。娘の脇を通って部屋に入ってくると、床に坐りこんでいる僕を見て立ち止まった。

「ひどい夢を見てたんだ」と僕は言った。

彼女は胸の前で腕を組んでいた。前を紐《ひも》で結んだ白いバスローブを着ている。寝ていた側の髪の毛がつぶれていて、顔に一筋かかっていた。眠っていたせいか眼が腫れていて、顔も青白かった。

それでも、居間のブラインドの隙間から差し込む太陽の光を浴びた彼女は、とても美しかった。

僕はなんとか立ち上がった。こめかみに短剣で刺すような痛みを感じた。デイヴィスが氷水の入ったグラスを持って戻ってきた。ゆっくりと一口飲み、居間を見回すと、コーヒーテーブルのうえにジンのボトルがあった。ふたが開いている。こんなところをデイヴィスに見られたことに、恥ずかしさが込み上げてきた。すると腕に柔らかな感触を感じた。

「グラハムの夢だったの?」

僕はメアリー・アリスの茶色い優しい眼を覗き込み、それから、その向こうにいるデイヴィスを見た。娘は感情を抑えた表情をしていた。うなじを掻きながら思った。夢はグラハムのことだけではない。だが、病室の壁にもたれかかった父の姿を思い出しながら、あの子もその一部だ、と思った。

僕は頷いた。

涙で眼をにじませながら、彼女は僕に腕を回した。「どんな気分?」

僕は鼻を鳴らした。「ひどい二日酔いだ」彼女から離れるとそう言った。「昨日の夜は夕食をすっぽかしてすまなかった」

彼女は僕の両腕をぎゅっと握った。「大丈夫よ。休みを取ればよかったのに。ダービーのことは残念だったわ」

友人の名前を聞いて体が強張《こわば》った。彼の幽霊の姿が頭に浮かぶ。歯の抜け落ちた口でニヤッと笑っていた。

「今、何時？」

「朝の六時半」とデイヴィスが言った。「パパの叫び声で、十五分も早く起こされちゃった」

「すまなかった」と僕は言い、水をもう一口飲んだ。

メアリー・アリスは、背を向けるとキッチンのほうに歩きながら言った。「コーヒー飲む？」

「いいね」僕はなんとかそう言った。感覚が戻ってくると、キッチンテーブルの椅子のひとつに体を投げ出すようにして坐った。四十本のろうそくで飾られたケーキが、まだテーブルの真ん中に置いてある。状態を保つためにラップがかけてあった。

「今晩、誕生日のお祝いをしましょう」メアリー・アリスはコーヒーメーカーにフィルターをセットしながらそう言った。

「わかった」と僕は言った。すべてが計画どおりに進めば、メアリー・アリスは、今夜は葬儀場で僕の葬儀の手配をしているだろうと思いながら。

妻がキッチンを軽やかに動き回るのを見ながら、背後でシャワーの立てる音を聞いていた。デイヴィスが学校に行く準備を始めていた。グラスから水をもう一口飲むと、思いはまた夢へと戻っていった。居間の革製の椅子に坐ったダービー・ヘイズ。事故現場でダービーのジャガーの助手席に坐っている自分。爆発。そしてオーガスタの十三番ホール。レイズ・クリークにかかる橋を歩いていると、そこはテネシー・リバー・ブリッジに変わった。そして病室。墓地。ホテルの部屋。頭のなかの映像が、まるでプロジェクターがスクリーンに映し出すように次々と素早く変化していった。

おれはお前のヒーローじゃない。

素晴らしい贈り物を贈ろう。

四人のヒーローと四つのラウンド。

ランディ・クラーク・インヴィテーショナル。

残りの水を飲み干すと、椅子から立ち上がった。まだ夢から覚めたばかりで頭がぼーっとしていたが、それほどひどくはなかった。

「着替えてくる」と僕は言うと、キッチンを出て行こうとした。

妻の声が止めた。「ランディ?」

「ん?」振り向くと彼女を見た。

「大丈夫?」

大丈夫じゃなかった。

「大丈夫だよ、ハニー。ありがとう。ちょっと二日酔いなのとダービーのことがまだショックなだけだから」

彼女は眼を細めた。何か言いたそうだったが、出てきたのは「わかった」ということばだけだった。

九

橋に向かう途中で、メモリアルパークウェイにあるバーベキューの店、〈ギブソンズ〉——朝食も提供してくれた——に立ち寄った。コーヒーをテイクアウトするつもりだった。が、ビスケットとベーコン、そしてソーセージの香りをかぐと、お腹《なか》が鳴った。死刑囚でも最後の朝食は食べるよな、と思った。誰にも気づかれないようにと思いながら奥の席に着くと、卵にベーコン、グリッツ（ひきわりトウモロコシを使った南部では定番の朝食）、そしてビスケット＆グレイビーを注文した。数口食べると胃と頭がほぐれてきた。生きている、と思った。そしてこのあとにすることを考えてその馬鹿馬鹿しさに気づき、頭を振った。

　夢に現れたダービーのことを考えていた。

　四人のヒーロー。四つのラウンド。

　お前には人生がある、ランディ。

　レジに向かいながら、にぎやかな店内を見回した。中年の男女のグループがおしゃべりをしたり、笑ったり、食べたりしている。生きている人たち。

　僕は食事の代金を払い、車に向かって足早に歩いた。最後に生きていると感じたのはいつのことだろう？

　思い出せなかった。そして一時間後には、そんなこともどうでもよくなるだろう。キーをイグニッションに差したとき、ウインドウをノックする音を聞いた。眼を向けると、なじみの顔を見て思わずびくっとした。

「ランディ・クラーク！」

ため息をつかないように苦労をしながら、ウインドウを下ろした。「やあ、ミック、元気でしたか？」

白髪にスーツ姿のミッキー・スパンは四十年間、生命保険の代理店を営んでいた。「ランディ、連絡しようとしてたんだ。秘書からわしのメッセージを聞いてないか？」

「すみません、ミック。最近忙しくて」

ミッキーは首を振ったが、顔にはいつもの大きな笑みが広がっていた。「父親にそっくりだな。ロバートも毎日、犬のように働いていた」と彼は言った。「だが、彼は、自分が亡くなったときに、お前のお母さんが大丈夫なようにわしに保険を手配させたんだ」

「ミッキー、僕は最大限の条件の保険に入っている。希望しても、メアリー・アリスとデイヴィスにこれ以上の保障はつけられないんじゃなかったですか？」

セールスマンは眼を輝かせていた。「お前にぴったりの新商品がある。永久保障でリターンも受け取ることができるんだ」彼は肩をすくめた。「今よりも少し多めに支払わなければならない。だが配当がつく。定期保険もいいが、ランディ、お前のような富裕層にはそれ以上のものが必要だ」

富裕層だって？　僕にはグラハムの治療費の未払い分で病院に二十五万ドルも借金があるん

だぞ。

答えないでいると、ミッキーはウインドウから手を入れて、僕の肩に手を置いた。「いいか、お前が息子さんとお父さんのことでつらい思いをしてきたのを知っている。お父さんとは三十年来の友人だった。彼のことを考えない日はない」

僕は、前の晩に夢のなかに現れた父親の姿を思い浮かべた。トラックのハンドルに覆いかぶさるようにしていた姿を。「僕もです、ミック」

「お父さんはお前のことを誇りに思っているだろう」と彼は言った。

「かもしれないですね」と僕は言い、ウインドウを上げようとした。が、ミックが手を差し入れて止めた。「ミック、僕は……」

「お父さんは誇りに思っていた」ミッキーは言った。断固とした口調だった。ミッキー・スパンの声に怒りが混じることはほとんどなかったが、今、彼の口調にはそれがかすかに感じられた。僕は少なくとも八十五歳になっているはずの男を見上げた。定年の年齢はとうに過ぎているのに、今も生命保険を売り歩いている。まるでどの顧客も最後の顧客であるかのように。

「自宅でホスピスケアを受けていたとき、お父さんからお前に伝えてほしいと言われたことがある」

僕はため息をついた。「なんですか？」

「自分が偉大な父親ではなかったということを」

僕はもう少しで笑いそうになったが、なんとかこらえた。「本当に？」

ミッキーは頷いた。「自分が厳し過ぎたと言っていた。もっとハグをしてやればよかったと」彼の顔は悲しい笑みに歪《ゆが》んだ。「わしは教会ではステファン・ミニスター（教会の内外で信徒らのケアを行うスタッフのこと）をしていて、人々、特に年配の男性から、自分の子どもによくしてやれなかったのを後悔しているとよく聞く。お前の父さんもお前によくしてやろうと頑張ったが、自分がどれだけ大事に思っているかを、わかってもらえていないんじゃないかと言っていた」ミックの声は感きわまって震えだしていた。「お父さんはどれだけお前のことを愛していたことか」

僕は眼の奥が熱くなるのを感じた。父がそんなことを言うとは想像できなかった。

なんと言ったらいいかわからず、ただミックに向かって頷いていた。

「お前には貴重な人生がある、ランディ。素晴らしい、貴重な人生が」彼の眼には輝きが戻っていた。「月曜日にランチでもどうだ？ ミート・アンド・スリー（肉料理一品にサイドメニュー三品をつけた南部の食事スタイル）でも食べながら、新しい商品の説明をさせてくれ」彼が手を差し出し、僕はその手を握った。

「いいですね、ミック」

彼は僕の手をぎゅっと握った。「じゃあな」彼はそう言うと去ろうとしたが、急に立ち止まると、肩越しに僕を見た。「わしがお父さんについて言ったこと、忘れるんじゃないぞ、坊主《サン》」

僕は彼に頷いた。「ええ、わかりました」

十

霧のなか、〈ギブソンズ〉をあとにした。ミッキー・スパンにたまたま出会うという皮肉も、僕の気持ちを動かすことはなかった。僕は自分の命を絶とうとしていた。ミッキーから購入した生命保険は、家族の支えとなってくれる頼みの綱だった。それは五年間の自殺免責条件がついた、三百万ドルの生命保険だった。七年前にこの保険に入っていた。そのときはいつか自分がこの抜け穴を利用することになるとは思ってもいなかった。だが数カ月前、病院からまた督促状が届き、破産専門の弁護士と相談した。そしてそのあと、保険証券をじっくりと見直し、さらにミッキーと〝条件を十分に理解する〟ためのランチ・ミーティングを持つことまでした。何食わぬ顔で、適用される免責条件について尋ね、ミッキーは、自殺はもう免責の対象から外れていることを教えてくれた。

その保険金があれば、メアリー・アリスはグラハムの治療費を完済したあとも、十分生きていけるだろう。

メモリアルパークウェイに入ると、ダウンタウンに向かう交差点をそのまま通り過ぎた。そこを曲がっていればオフィスに着くはずだった。決心を固めると、心臓の鼓動が速くなった。ダービー・ヘイズは死に、一時間もすれば僕も彼の仲間入りをする。左折して七十二号線に入ると、ハンドルをきつく握って夢が引き起こした疑念を振り払おうとした。

お前には人生がある、ランディ。

「いや、ない」僕は声に出して言い、こぶしでハンドルを叩いた。僕が死んだらデイヴィスはどうなるだろう？　彼女はそれに対処できるだろうか？　デイヴィスと僕は、とても仲のよい親子だったが、グラハムの死以降は、その関係も以前と同じというわけにはいかなかった。彼女が車を運転するようになってからは、ほとんど一緒の時間を過ごすこともなくなってしまった。

彼女の大学進学のために貯めていた資金もなくなってしまった。グラハムの医療費に全財産を注《つ》ぎこんでしまったのだ。デイヴィスは優秀な学生で、才能のあるゴルファーだったが、学業やスポーツの奨学金を得るのは望み薄だった。大学に行かせるには……

「……僕が死ぬしかない」フロントガラスに向かって頷くと、しっかりとした口調でそう言った。じっくりと考え、選択肢を分析すると、いつも同じ結論に達した。娘の力になるにはこれしかなかった。大学進学のための資金を得ることができる。彼女の将来が開けるのだ。

前方では車の流れがゆっくりになっていた。どうしたんだろう？　やがて流れが止まってしまい、僕は計画の遂行に不安を抱きながら、路肩のほうに車を寄せて運転を続けた。百メートル先にオレンジ色の迂回《うかい》標識が見えた。その標識の向こうに渋滞の原因が見えた。七十二号線とジェフ通りとの交差点で事故があったのだ。トラックが〈キャデラック〉のセダンに真横から突っ込んでいた。迂回標識のところまで来ると、右折してジェフ通りに入った。その先にも別の標識があったので、それ以上あまり考えずに、その標識に従った。なぜ、ほかの連中は回り道をしないのだ？

僕は頭を掻きながら、心臓が高鳴りだすのを感じていた。何かが起きてる……

迂回路の終点は駐車場で、アスファルトと草地が交わる場所に移動式のトレーラーが置かれていた。トレーラーの隣には、ゴルフカートが何台か並んでいる。なぜ迂回路がモンロヴィア・ゴルフコースにつながっているんだ？　不思議に思いながら車を止めた。すると、トレーラーからひとりの女性が現れた。長いブロンドの髪に、緑のショートパンツ、黄色いゴルフシャツというういでたちだった。彼女がほほ笑みながら近づいてきたので、ウインドウを下ろした。

「ウォームアップ用に練習場にボールを用意してあります、ミスター・クラーク」

ボール？　練習場？　覚えている限りでは、モンロヴィア・ゴルフコースには練習場はなかったはずだ。ここは地元では最も安い市営のコースだ。

「何かの間違いだろう」と僕はなんとか言い、眼を細めて、彼女の青みがかった緑の瞳を見上げた。「今日はゴルフをするつもりはない。クラブも持っていないし」

「間違いじゃありません。十五分前に、お友だちのミスター・ヘイズから電話があって、あなたが八時三十分に到着すると連絡がありました」

心臓が締め付けられるような感じがした。ミスター・ヘイズ……

「無理だ」と僕は言った。

「そんなことありません」とその女性は言い、僕の車の後ろのトランクに向かって歩きだした。

彼女がトランクを開けると、案の定、そこには僕のゴルフバッグがあった。

全身に鳥肌が立った。腕に眼をやると、もうボタンダウンシャツを着ていなかった。代わりに僕はブルーのセーターを着ていた。ゴルフシャツを着ていることを確かめるために、襟に手をやる必要はなかった。

「ここでスパイクに履き替えますか？　それともロッカールームで？」

僕は彼女の向こうにあるトレーラーに眼をやった。ロッカールーム？「ここで」なんとか僕はそう言った。

「わかりました、どうぞご自由に」と彼女は言い、僕のゴルフバッグを肩にかついだ。「練習場に置いておきます。パートナーの方はもうそこでお待ちです」

「パートナー……？」僕はそう尋ねながら、〈クラウンビクトリア〉のドアを開け、震える足で車を降りた。

彼女は髪を後ろになびかせ、肩越しに僕を見て言った。「ええ、ミスター・ボブです」

僕は眼を見開いた。が、それ以上は何も言わなかった。トランクのところまで歩くと、時間をかけてスパイクに履き替えた。そして、大きく息を吸うと、トレーラーに向かってゆっくりと歩きだした。歩きながら、駐車場にはほかに車がないことに気づいた。トレーラーの向こうのコース上にもゴルファーはいなかった。どこにも練習場は見えなかった。

ダーブ、いったい何に巻き込んだんだ？　僕はトレーラーのドアノブをつかみながらつぶやいた。そして戸惑いのあまり、それ以上考えることができないまま、扉を開けてなかに足を踏み入れた。

十一

「なんて……こった」豪華な装飾が施されたクラブハウスを見回して、思わず声に出した。大きな部屋の四つの壁には、ゴルフウェア姿やコートとネクタイ姿の老人の肖像画が並んでいた。高い天井にはシャンデリアが吊るされ、二階へと続く曲がりくねった階段があった。コーヒーとペストリーの強い香りがし、僕が立っているところの先にあるバーラウンジでは、テーブルを囲んで何人かの男たちが坐っていた。

不確実な世界に真実などほとんどなかったが、僕がいまいるのはモンロヴィア・ゴルフコースのトレーラーのなかではないということだけは確かだった。

腕に手が置かれるのを感じて振り向くと、茶色のスーツに白いシャツ、ネクタイを締めた男がいた。丸い眼鏡《めがね》を鼻にかけ、白髪混じりの髪の毛はきれいに刈りそろえられていた。「練習場の準備はできています、ミスター・クラーク。ついてきてください」

ゴクリと唾を飲み、言われたとおりにした。ラウンジとゴルフショップを通り抜けるとベランダに出た。眼の前に広がるゴルフコースを見て息を飲んだ。木の並ぶフェアウェイ。ダービー曰《いわ》く、〝ガチョウの糞のような〟緑色をした芝生。男がひとりでボールを打っているのが見えた。「あれは――？」

「さあ、どうぞ」茶色いスーツを着た男はそう言うと、ついてくるように身振りで示した。彼の後ろに続いて、長い煉瓦造りの階段を下りると、太陽の光のなかに出た。日光が顔に当たると、母が毎朝、トゥイッケナムまで送ってくれた夏の日のことを思い出し、めまいがするような感覚を覚えた。大学のゴルフチームは夏のあいだコースを貸し切りで使っていた。僕はチームのAプレイヤーだった。一日に三十六ホールをラウンドし、二百発のボールを打っても疲れることはなかった。七月下旬の夏の盛り、ラウンド後にはよくプールに入ったものだった。

僕は新鮮な空気を吸い込み、その思い出に笑みを浮かべた。そして一瞬で現実に戻された。僕はどこにいて、いったい何をしてるんだ。

男のあとをついて進みながら、ダービーのことばを思い出していた。

四人のヒーロー。四つのラウンド。君がずっと尊敬してきたチャンピオンとのトーナメントのようなものだ……

練習場に向かいながら、クラブハウスを振り返ると、胃がぎゅっと締まるような感覚を覚えた。立ち止まって、チューダー様式の建物の裏側を呆然《ぼうぜん》と見つめ、その建造物に感嘆の念を覚えた。以前にも来たことがあった。この場所を知っていた。四人のヒーロー。四つのラウンド……

思い出したとき、僕は声に出して息を飲んだ。

「イーストレイク」僕は囁いた。ダービーが十年前に僕たちのためにラウンドを手配してくれた場所だった。

「はい、そうです」茶色いスーツの男が答えた。やはり囁くように。僕は彼をもう一度見ながら、ここでプレイして育ったひとりの少年の話を思い出した。その少年はゴルフの偉大なチャンピオンになった。おそらく、スポーツ界における最初の象徴《アイコン》的存在かもしれない。再び男を見つめ、手にしているノートに眼をやった。

「あなたはミスター・キーラーですね？　O・B・キーラー？」

その男はほほ笑むと言った。「ウォームアップは必要ですか」

「あなたなんですね」僕は畏敬の念を込めて言った。そして、ひとり練習場でボールを打っているゴルファーのほうに眼を向けた。その男はニッカーボッカーを穿《は》き、帽子はかぶっていなかった。二十メートル離れていても、彼のゆったりとした流れるようなスイングがわかった。ヒッコリーのシャフトのクラブを使っており、クラブヘッドがボールを捉えるときの打球音は銃声に似ていた。

「ボビー・ジョーンズ」心臓の鼓動が速くなるのを感じながら、僕は再び囁いた。

背中を押されるのを感じて、茶色のスーツの男を見た。O・B・キーラーはボビー・ジョーンズの個人的な記録係にして、新聞記者であり、多くのトーナメントでジョーンズに同行し、彼の最大の勝利と最も困難な敗北の数々を記事にまとめていた。彼はジョーンズに関する伝記をいくつか書いており、おそらく偉大なチャンピオンを最もよく知る人物だった。「さあ、どうぞ」と彼は言った。

震える足を無理やり動かし、僕は練習場に向かって歩いた。僕のゴルフバッグがジョーンズのゴルフバッグから数フィート離れたところに置いてあった。ジョーンズの何も書かれていないゴルフバッグのなかには時代がかったヒッコリーのシャフトのクラブがあった。白字で〝Titleist〟のロゴの入った、僕の輝くような赤いゴルフバッグ——なかにはスチールシャフトのアイアンとウッドが入っていた——とは対照的だった。

「ミスター・クラーク?」

キーラーのほうを振り向くと、彼の友好的な表情が真面目《まじめ》な雰囲気に変わっていた。「気をつけてください」

戸惑いながらも頷いた。再び、練習場に向かって歩きだすと、キーラーは姿を消した。どこへ行ったんだろう。歴史的なコースとクラブハウスを見回したが、僕たちのほかには誰もいなかった。

「わたしたちだけだ」滴り落ちるような南部なまりの優雅な声がした。マスターズの昔のテレビ放送や俳優のW・C・フィールズとのゴルフレッスンのVHSテープで聞いたことのあるアクセントだった。

「ミスター・ジョーンズ?」彼のほうに歩みながら僕は訊いた。

彼はほほ笑むと、練習場に視線を戻し、ミドルアイアンらしいクラブで、何度かワッグルした。右膝を左膝に向かって蹴るようにしてスイングを始めた。そして僕は、ゴルフの年間グランドスラムを制した唯一の男が空高く放つショットを見ていた。

「ナイスショット」と僕は言った。

「少し当たりが薄かったが、うまくいくだろう」彼はズボンに手をやり、煙草を取り出した。

マッチで火をつけると、煙を宙に吐き出した。「何球か打っておいてくれ、ランディ。一番ホールのティーで会おう。いいね？　しばらくしたら、ジョニーがわたしたちのバッグを取りに来るから」

「わ、わかりました」僕は口ごもりながらなんとかそう言い、遠くのティーグラウンドに向かって滑るように去って行く彼の姿を見送った。

ダービー、いったい何に僕を巻き込んだんだ？　またそう思った。

「わたしなら、ウェッジから始めてドライバーまで打ちます」スコットランドなまりの男が言った。声のする方向に振り向いた。大きな水差しにもたれかかっていたのは、黒いハンチングに白いニッカーボッカーを穿いた小柄でがっしりとした男だった。「あるいは、お好きなように打ってください」

僕はバッグからウェッジを取り出し、何度か素振りをした。ショックのせいでまだ足がゴムのようだった。いつになったら眼が覚めるんだろう？　そう思いながら、クラブをボールのすぐ後ろに置き、間髪入れずに最初のショットを練習場に放った。バケツからもうひとつボールを取り出すと、ほほが熱くなるのを感じた。次のショットはダフってしまって、ボールの十センチも後ろを叩き、十五メートルしか飛ばなかった。鼓動が速くなって恥ずかしさで赤くなり、顔を上げることができなかった。もうひとつボールを取り出すと、グリップを緩めて、頭を安定させることに集中した。今度はしっかりと捉えると、ボールは空高く舞い上がり、練習場の真ん中、約百二十ヤードのところに落ちた。

「その調子です」スコットランド人の男が後ろからそう言った。「流れるようなよい動きです、ミスター・クラーク」

「ありがとう」僕はなんとかそう言うと、もう一球、完璧なウェッジショットを放ってやっとリラックスした。さらに二球ウェッジで打ったあと、七番アイアンで四球打ってから、ドライバーを取り出した。ボールを置いてスタンスを決めると、ボビー・ジョーンズのスイングをまねようとした。柔らかく滑らかに。僕はそうつぶやいた。ボールはロケットのようにフェイスから放たれた。これ以上のショットは打てないことが自分でもわかった。

「わたしなら、残りはコースのために取っておきますね」とジョニーは言った。すでにクラブを受け取るために僕のほうに歩き始めていた。

「名案だ」と僕は言った。

ふたり分のバッグを持っているにもかかわらず、ジョニーは追いつくのが難しいほど速く歩いた。百メートルほど離れた一番ホールのティーグラウンドに着く頃には、僕はほとんど息を切らせていた。

パートナーは、足を組んでベンチに坐り、煙草を吸っていた。ズボンはニッカーボッカーで、シャツにネクタイという姿だった。これが一九二〇年代から三〇年代にかけての最も洗練されたゴルファーの服装だと知っていた。

「ミスター・ジョーンズ、一緒にプレイできて光栄です」

彼はベンチから立ち上がると、煙草を指で芝生のうえに弾き、すぐにスパイクで踏み消した。

「こちらこそ、ランディ。ボブと呼んでくれ、いいね？」

　僕は頷いた。胃のなかで蝶《ちょう》が飛んでいるような落ち着かない気分だった。なぜ彼は僕のことを知ってるんだ？　すべてが非現実的だった。心のなかでまたダービーの声が聞こえた。

　四人のヒーロー。四つのラウンド……

「頭の具合はどうだ、ランディ？」とボブは言い、ジョニーがバッグからすでに取り出していたドライバーを手にした。彼は僕にほほ笑むと、イーストレイクの一番ホールのティーグラウンドに向かって歩いた。

「頭の具合？」と訊いた。自分のドライバーをジョニーから受け取り、最初のショットを打とうとしているレジェンドをじっと見た。

　ボブはクスッと笑うと言った。「昨日は三人を相手にかなり飲んだんだろう？」

　恥ずかしさで顔が赤くなった。が、答える前に、ボブはティーショットをフェアウェイに放った。それは、僕の予想していたとおり、少なくとも二百七十ヤードは飛んだ、素晴らしいショットだった。

「ナイスショット」とジョニーが叫んだ。

　ボブは僕をちらっと見た。「ここは四百ヤードのパー4だ。わずかに打ち上げになっている。まっすぐでスタートにはいいホールだ」

「知ってます」と僕は言い、回り込んでティーをグラウンドに刺した。「以前にもイーストレイクでプレイしたことがあるんです」

アドレナリンが血管に溢《あふ》れ出るのを感じながら、僕は体をフェアウェイと平行に合わせ、何も考えずにクラブを振った。クラブのヘッドがボールに当たった瞬間、芯で捉えたのを感じ、ボールが空高く舞い上がるなか、フォロースルーを取った。ボールがどこに落ちたのかはわからなかったが、少なくともボブのボールの近くまで飛んでいるはずだった。

「ナイスショット」とボブは言った。

「本当に素晴らしい」とジョニーは言い、僕からクラブを受け取ると、フェアウェイに向かって急いだ。

僕は偉大なチャンピオンと並んで歩きながら、彼のほうを見ずに話した。「どうして僕が飲んでいたことを知ってたんですか？」

強い手に背中をつかまれるのを感じた。「君のことは全部知ってるよ、ランディ。わたしたち全員」

「わたしたち……全員？」

「四つのラウンドだ、覚えてるだろ？」

四つのラウンド。四人のヒーロー。僕はそう考え、頷いた。

「ランディ・クラーク」ボブは低い声で言った。「一九六八年アラバマ州アマチュア選手権第二位。一九六〇年代後半にアラバマ大ゴルフチームのエースとしてプレイした。プロツアー出場を目指したが、一打差でツアー予選会に落ちた。ガールフレンドのメアリー・アリスが妊娠し、プロゴルファーになる夢をあきらめて、ロースクールに進学した。アラバマ州ハンツビルで弁護士になり、保険専門の弁護士の仕事を始める」ボブはそこでことばを切った。「知ってるかね？　わたしも弁護士だったんだ」

僕はほほ笑んだ。「法廷弁護士になりたかったんですよね？」

「そうだった。だが、最初の裁判で担当判事がわたしとゴルフをしようと言ってきて、その後、わたしに有利な裁定を下すようになった」彼は首を振った。「そんなえこひいきは望んではいなかった。正しく扱われないのなら、意味などなかった。だからそれ以来、法廷には立たなかった」

「あなたは史上最高のゴルファーでした……あの、つまり……」僕は自分の言おうとしていたことに気づいて口ごもった。

ボブは声に出して笑った。「ジャックが出てくるまではと言いたいんだろ」

「ふたりとも信じられないプレイヤーです」

彼は頷いた。「ジャック・ニクラウスはわたしの見たことのないプレイをすると言ったことがある。それは本心だよ。彼は誰よりも遠くまでまっすぐボールを飛ばす」

「今は彼ももう終わったと言われています」

「そうなのか？」とボブは言った。「今週はわたしのトーナメントに出場するんじゃなかったか？」

僕はほほ笑んだ。ボビー・ジョーンズがクリフォード・ロバーツとともにマスターズを創設したことを知っていた。「ジャックは出場してますが、ほとんどの人は彼には期待していません」

「君はどう思う、ランディ？」

フェアウェイのボールのあるところに着くと、ため息をついて言った。「彼もかつてのようにはプレイできないでしょう」

「誰もがそうじゃないかね？」とボブは訊いた。

彼の顔を覗き込んだが、彼は僕を見ていなかった。代わりに彼は、前方のグリーンを見ていた。「どのくらいかな、ジョニー？　百四十ヤード？」

「あい」とスコットランド人は答えた。「百三十八ヤードです。ミスター・クラークは百四十一ヤード。少し打ち上げになってるので、大きめのクラブでいきたいところですね」

「九番アイアンをくれ」とボブは言った。

僕は唇をかみながらグリーンを見た。距離だけを考えればそれが正しいクラブの選択だろう。だが、打ち上げであることを考えると、もっと大きなクラブが必要だ。「僕も」

「あい」とジョニーは言い、クラブを手渡した。「あなたからです」

「わかってる」言い返すように僕は答えた。ボビー・ジョーンズにアウトドライブされたことに決して怒るべきではないとわかっていたが、それでも自分自身に苛立《いらだ》っていた。このショットは失敗する。そう思いながら、ただ失敗を早く終わらせたいと思って素早くアドレスに入った。クラブを軽く持ち、思い切り振り抜いた。眼を見開いてショットを追うと、ボールは、グリーン上のピンから九メートルほど手前にかろうじて乗った。やはりもっと大きなクラブが必要だった。だが少なくともグリーンには乗った。そう思いながら、笑ってクラブをジョニーに渡した。

「なあ、ジョニー、どうやら、もっと大きなクラブが必要だな」とボブが言った。

「八番？　それとも七番？」

彼はフェアウェイから草を数本拾うと、空中に放り投げた。草は彼の右後ろに飛んでいった。

「少し向かい風だな」彼は動きを止めて、およそ百四十ヤード先のピンフラッグをじっと見た。

「七番でいこう」

彼はジョニーからクラブを受け取った。視線は前方のグリーンに向けたままだった。やがて、ボールに向かってアドレスをすると、スイングを始めた。彼のバックスイングはいつもよりコンパクトだった。そしてボールをやや後ろよりに置いてスタンスを取っていた。その結果、低く鋭いショットがピンの手前三メートルのところに落ちて転がり、カップから一メートルに止まった。

「信じられない」と僕は言った。

「そうでもないさ」とボブは言った。ジョニーのあとを追って、グリーンに向かっているとき、彼が訊いた。「君は九番アイアンじゃ届かないことがわかっていた。なぜ、九番で打った、ランディ？」

自分の顔がまた熱くなるのを感じていた。が、ごまかしたくはなかった。「わかってるんでしょ」

「わたしが九番でいくとジョニーに言ったからかね?」

僕は頷いた。「ええ。偉大なボビー・ジョーンズと同じクラブで打ちたかったんです。大きなクラブにしたくなかった」

「だが、結局わたしは気が変わり、七番アイアンで打った。九番よりもふたつも大きなクラブで」

「うまいひっかけだ」と僕は言った。「トーナメントでもそんなことをするんですか。対戦相手のプライドをもてあそぶような」

「実際にはそんなに」と彼は言い、ほほ笑んだ。「まあ、何回かは。今回は君を試したことを認めるよ。百四十ヤードのやや打ち上げ、風はアゲインストなら、普段百五十ヤードか、百五十五ヤード打つクラブが必要だろう。わたしは少なくとも八番アイアンで打つ必要があるとわかっていたが、君がどうするか見たかった。そこでジョニーに九番と言ったんだ」

「そして僕は罠《わな》にはまった」グリーンに着くと、僕はマークするために、ポケットからコインを取り出そうとした。ポケットに二十五セント硬貨を入れた記憶はなかったが、案の定、ちゃんとあった。僕の着ているゴルフウェアやクラブがトランクにあったのと同じだ。

僕のコメントには答えず、ボブも自分のボールをマークした。

ジョニーにピンを持ってもらい、自分のボールをパットした。ボールはカップを三メートルもオーバーした。ボブはカップから一メートル以内につけていたので、まだ僕のほうが遠かった。苛立ちと恥ずかしさを感じながら、もう一度ボールをマークし直すと、ちらっとカップを見てからパットをした。今度は数センチショートした。ため息をつきながら、タップインしてボギーで上がった。僕がカップからボールを取り出すと、ボブが言った。「ヘマをしたら、できるだけ早くフィールドから――この場合はグリーンからだな――出て行ったほうがいい」

「父のようなことを言うんですね」

「頭のよい人だ」とボブは言った。「もっとも、野球やフットボールのフィールドと同じようにゴルフコースでも通用するかはわからないが」彼はそう言うと、ボールの横に歩み寄り、スタンスを取った。「ゴルフでは、ファーストパットをはるかにオーバーしてしまっても、まだセカンドパットが残っている」彼は顔を上げると僕のほうを見た。

彼がさらに何か言うのを待ったが、何も言わなかった。代わりに、ボールにアドレスすると、スムーズなストロークでパットをした。僕はボールを見ていた。ボールはカップに吸い込まれると思ったが、おかしなことが起きた。カップを舐《な》めて、弾《はじ》かれたのだ。

後ろでジョニーが歯のあいだからヒューと音を立てた。

ボブは感情を表にすることなく、もう一度僕を見た。

「残念でした」と僕はなんとか言った。「いいパットだったのに」

彼は頷いた。「いいパットだった。思ったとおりに打てた」そう言うと彼はほほ笑んだ。「そして入らなかった」彼はボールのところまで歩くとタップインした。僕のボギーに対してパーだった。

ボブはパターをジョニーに渡してグリーンをあとにした。僕も同じことをした。次のティーグラウンド――二番ホールは、確かパー3だった――に向かうとき、ボブが一本の木のそばで立ち止まり、その木に腕を預けるようにしてもたれかかった。僕のほうを見ずに、彼は南部人特有のゆっくりとした話し方で言った。「わたしは短気なんだ。知ってたかい、ランディ?」

頭のずっと奥のほうで、ボビー・ジョーンズの伝記を読んでいたことを思い出していた。そのなかでは、彼が少年時代や青年時代に激しいかんしゃくを爆発させていたことに触れていた。

「以前に聞いたことがあるような気がします」

彼は自分のゴルフシューズを見つめていた。「ミスショットを打ったあとに、怒ってクラブを投げたことがあるかね?」

僕はほほ笑んだ。「何度も。いつも自分の前に投げるようにしてます。そうすれば、グリーンに向かう途中で拾うことができて、戻らなくてすむ」

「そうだな」と彼は言った。まだ地面を見つめていた。「自分の投げたクラブが人にあたったことはあるかね?」

僕は首を振った。

「わたしはある」とボブは言った。「一九二一年の全米アマでひどいショットを打った。そのとき、わたしの投げたクラブが観客の足にあたったんだ」彼はため息をついた。「その可哀《かわい》そうな女性を殺さずにすんだのは幸運だった」

「お気の毒に」それが唯一言えることだと思ったが、実際に口から出ると馬鹿げて、間の抜けたセリフに聞こえた。

「全米ゴルフ協会《USGA》から、行動を改めるようにという手紙を受け取った」

「でも、あなたはかなり行動を改めたと言えるでしょう。その後、全米アマを五回優勝したんじゃなかったですか？」

やがて、彼は僕を見上げた。そのまなざしは強烈な輝きを放っていた。「自分の気性をコントロールすることを学ばなければ、ひとつも勝てなかっただろう」彼は僕に向かって近づいた。僕はずっと、偉大なるボビー・ジョーンズは背が高いと思っていた。だが今、まっすぐ彼の眼を見ていると、百八十三センチの僕のほうが、偉大なチャンピオンよりも十センチほど大きいことに気づいた。それでも彼が体を近づけてくると、その存在感を前にして自分の体が縮んでいくように感じた。「自分自身、つまり自分の感情や気性、エゴ、思考、イメージ、不安をコントロールできれば、パフォーマンスにとてつもなく大きな影響を与え、成功を手にすることができる」

せせら笑いを抑えることができなかった。「才能もあったんでしょ。あなたは神童だった。十歳のときにはパーで回り、十四歳で全国大会に出場した。違いますか？　セルフ・コントロール？　くだらない。成功やパフォーマンスに一番影響を与えるのは神が与えてくれた才能ですよ」僕は芝生に唾を吐いた。「いいですか、幽霊が、誰もが知っていることを真実であるかのように話す自己啓発本には興味はありません。感情をコントロールする。一生懸命働け。あきらめるな」僕は歯を食いしばった。「それらすべてが耳ざわりよく聞こえるのは、人生が喉をつかんで首を絞め始めるまでのことだ」

彼の反応を待たずに、彼に背を向け、二番ホールのティーグラウンドに向かって歩きだした。唇をかんで震えを止めようとし、空を見上げた。「ダービー、ここから出してくれ」僕は声に出して言った。ただただひとりになりたかった。

十二

「距離は？」二番ホールのティーグラウンドに立つと、ジョニーに向かって怒鳴るように言った。

「百七十八ヤードです。風は……」

「五番アイアンをよこせ」

　彼は眼を大きく見開いたが躊躇《ちゅうちょ》することはなかった。「お好きなように、ミスター・クラーク」

　僕は彼からクラブを奪うと、ボールとティーを地面に刺した。素振りをすることなく構えに入り、思い切りスイングした。完璧に捉えたボールは、ピンのやや左から右に向かって流れ、カップから一メートルくらいのところに止まった。

「ナイスショット！」とジョニーが叫んだ。

　だが、まだ怒りがおさまらず、そのショットに満足することができなかった。何も言わずに彼にクラブを返した。

「君はいつも少し怒っているときに最高のゴルフをする。違うか？」とボブは言い、ボールをティーアップした。僕は彼のショットを見ずに、チューダー様式のクラブハウスを見ていた。ここから出してくれ、ダービー。今すぐに。こんな茶番はうんざりだ。出ていきたいんだ。

「ナイスショット、ボブ」とジョニーは言った。

「ありがとう」

僕はキャディーにもボビー・ジョーンズにも眼を向けることなく、グリーンに向かって歩きだした。なんでこんなに怒ってるんだ？　わからなかった。

「君は見下されていると思ったんだろう」とボブが言った。

彼を見ることなく、歩くペースを上げた。「僕の心も読めるんですか？」

「君はわたしのような人間が、セルフ・コントロールを説くのは簡単だと思っている。なぜなら、わたしはすべてを成し遂げたから。グランドスラムを獲得した。メジャーで十三勝を挙げた。マスターズ・ゴルフトーナメントを創設した」と彼は言った。「だが、そうだろうか？」

「じゃあ、なんだと言うんですか？」

「ランディ、君に見せたいものがある。来てくれ」

「僕はバーディーを取って、次のホールに行く。いいですか？　あなたは僕のヒーローだ、ミスター・ジョーンズ。もし状況が違えば、このささやかな夢をすごくクールだと思うかもしれない。だけど……」

「だけど自殺しようと計画しているから、飛び込む前に何かを学ぶ時間なんかない」

立ち止まって振り向こうとした。レジェンドだか何か知らないが、ケツを蹴飛ばしてやる。が、振り向くと彼は両手で自分のパターを差し出していた。グリップエンドが僕の眼の前にあった。

「これをパットで使ってほしい」

僕はまばたきをしてから彼を見て、それから彼の持っているパターを見た。カラミティ・ジェーンだ、と僕は思い、ゴルフ史上最も有名なパターを見つめた。両手でグリップを握ると、小さく素振りをした。パターのさびたヘッドはいびつで小さく見えた。どうしたらこんなものであんなパットが打てるんだろう？

「君にもわかるよ」とボブは言い、カップを手で示した。

「でも、僕のほうがカップから近い。あなたの番です」

「打ってくれ。エチケットには眼をつぶろう。コースにはわたしたちしかいないからね」

僕はボールをマークするとジョニーに渡した。彼はタオルで拭いてきれいにすると、投げ返した。ボールを二十五セント硬貨の脇に置くと、硬貨をポケットにしまった。そして、ジョニーがピンを抜くと、ボールにアドレスした。擦り切れた革のグリップが手に柔らかく、いつもよりクラブを軽く感じた。ライン――ほとんどまっすぐだ――を見たあと、できるだけスムーズなストロークをした。ボールがカップに吸い込まれると、僕は思わずほほ笑んだ。

「そのパターには眼があるんだ、ランディ。本当だよ」とボブは言った。

「ナイスバーディー、ミスター・クラーク」とジョニーが言った。

僕はボールをつかもうと、カップの内側に手を伸ばした。が、指が強く引っ張られるのを感じた。なんだ……

数秒後、僕は何百人もの人々に囲まれて、ティーグラウンドに立っていた。観衆のなかには男性の姿もあれば、女性の姿もあった。眼を凝らして、自分がどこにいるのかを確かめようとした。男性はスーツにネクタイ、女性は明るい色のドレスを着ている。ひとりのゴルファーがティーアップしたボールに近づいていった。すぐにそれがボビー・ジョーンズだと気づいた。彼はさっきまでと同じ服を着ているようだったが、僕たちはもうイーストレイク・ゴルフクラブにはいなかった。「ボブ?」と囁いたが、彼は僕を無視した。「ジョニー?」スコットランド人キャディーの姿は見えなかった。

僕が何かほかのことを言う前に、ボブがボールを打った。インパクトの瞬間、彼の顔が歪むのがわかった。彼は何か聞き取れないことばを叫んだあと、クラブを放り出した。

僕は、無意識のうちに、両手で顔の脇を押さえ、クラブがスローモーションでフェアウェイの左側に向かってクルクル回るように飛んでいくのを見ていた。女性の悲鳴と観衆がそろって息を飲む音が聞こえた。ボブが声のした方向に走ると、観衆のなかからざわめきが湧き起こった。「あんなことするなんて信じられる?」ひとりの女性が言った。「まさかボビー、見損なったぞ!」甲高い男の声がした。「金持ちのぼんぼんが!」男のバリトンの声が響いた。「二度とこのトーナメントでプレイさせるな」

ボブのあとを追いかけて、クラブがあたった観客のところまでやって来た。ボブはイーストレイクでは平静を保っていたのに、今は真っ赤な顔で、彼の困惑と恥ずかしさが手に取るようにわかった。「奥様《マアム》、大変申し訳ありません」

その女性——膝に手をやって、芝生のうえに坐りこんでいた——が彼を見上げた。「大丈夫……です」彼女はなんとかそう言った。

ボブは何か言おうとしたが、ため息をつくと自分のボールに向かって歩きだした。「彼をゴルフから追放すべきだ」と声がした。僕はボブに追いついた。彼はうなだれ、両手をポケットに入れて歩いていた。やがて僕のほうを悲しく打ちひしがれた眼で見た。「わたしのパターを返してくれないか？」

自分の右手に眼をやると、まだカラミティ・ジェーンを持っていた。「もちろん」と言って彼にパターを手渡した。彼はそれを受け取ると、僕の左腕をつかんだ。

「ちょっと！」

次の瞬間、僕はまたうえに向かって飛び出していた。めまいがし、眼をつぶった。眼を開けると、またイーストレイクの二番グリーンにいた。ボビー・ジョーンズの眼をまっすぐ見ていた。「さっき、女性にクラブをぶつけたあとに、フェアウェイを歩いていたときのわたしをどう表現するかね？」

僕は眼をしばたたいた。足が震えていた。「わからない。ひどかった」

彼は僕の腕を強くつかんだ。「さあ、ランディ。遠慮するなよ。何を見たか思い出すんだ。わたしはどう見えた？」

数秒前のことを思い出した。今までボビー・ジョーンズの姿を見てきたかぎりでは、彼はいつも自信に満ち溢れていた。澄んだ眼と魅力的な笑顔。スイングはいつも流れるように優美で、そのすべてから南部のスタイルがにじみ出ていた。だが、クラブを放り出したあの男にはそのかけらもなかった。スイングはいつもより速く、ぎくしゃくとしていた。さらに、あの事故のあとの彼は……なんて言ったらいい？　両手をポケットに突っ込んでうつむいていた。

「どうだ、ランディ？」とボブは囁いた。

「打ちひしがれていた」と僕は言った。「負け犬のように」

彼はやっと手を離すと言った。「そのとおりだ」

彼がもっと何かを言うのを待った。が、彼は歩きだし、カラミティ・ジェーンをジョニーに渡した。僕は両手を膝に置き、緑の芝生を見つめた。世界は、ボブが見せてくれた光景からまだぐるぐると回転しているようだった。

「さあ行こう、ランディ」ボブが前から声をかけてきた。「まだまだプレイは残っている」

深呼吸をして、体を起こした。すると、ジョニーが少し離れたところから、いたずらっぽい眼で僕を見ていることに気づいた。「顔色が悪いですよ、ミスター・クラーク」彼はポケットに手を入れるとフラスコを取り出した。「スコッチ・ウイスキーでもいかがですか？」

僕は息を吐くと、一瞬考えてから容器をつかんだ。一口飲むと眼を閉じた。温かい液体が喉を通っていった。

「気分はよくなりましたか？」とジョニーが訊いた。

「ありがとう」僕はなんとかそう言うと、彼のあとを追って歩きだそうとした。自分の足が少ししっかりとしてきたように感じたが、それでもまだどこかおかしかった。

「ミスター・ジョーンズがクラブを投げたとき、何番ホールをプレイしていたかわかりますか？」

僕は首を振った。「いや」

「十一番ホールです……三日目の」

ジョニーが何を言おうとしているにせよ、僕はオチか決めゼリフを待ったが、彼は何も言わなかった。

「まだまだプレイしなければならなかった」ボブはティーグラウンドから言った。「正確には二十五ホール。だが、わたしはもう打ち負かされていた」彼はことばを切った。「自分に負けていた」彼は僕にほほ笑みかけた。「そんな経験はあるかね？」

僕は眼を細めた。自分の短いゴルファーとしてのキャリアのなかで、自分の感情をコントロールできなかったときのことを考えた。「答えはもうわかってるんでしょう。ですが、あなたに調子を合わせますよ。ツアー予選会のときの十六番ホール。左に大きくドッグレッグしたパー4。僕は素晴らしいドライバーショットでショートカットした。ピンまで九十ヤード。グリーン左奥にピンが切られていた。賢くプレイするならグリーン中央を狙うべきだった。だが、サンドウェッジでピンを狙いにいき、グリーンをオーバーしてしまった。グリーンエッジからの雑なチップショットはカップをオーバーし、さらにそれに腹を立ててスリーパットした。ダブルボギーだ」

「それで一打及ばず、ツアー予選会に落ちてしまった。そうだね？」

僕は頷いた。「フェアウェイからのミスショットのあと、自分を修正できていれば、楽にボギーで上がっていたでしょう。パーで上がれていたかもしれない」と僕は言った。「なのに、頭に血が上ってひどい決断をしたために」

「そのために一打失うところを二打も失ってしまった」とボブはさえぎるように言い、煙草を吸った。「あれはいい例だ。あの一打のせいで夜も眠れなかっただろうね」

「ツアーのチャンスを逃した。プロゴルファーになって、夢を叶えられたのに」

「確か、ツアー予選会は六ラウンド、百八ホールを回るんじゃなかったかね？」

「賢明なる導師にして、メジャー十三勝のレジェンドは、一ホールだけじゃトーナメントは決まらないと言いたいんですか？　一回のコントロールミスがすべてを犠牲にしたわけじゃないと」僕はティーグラウンドに上った。「恩着せがましい話にはもううんざりだ、ボブ。さっさと進めませんか？」

彼は肩をすくめた。「その日の最初の九ホールで、四連続バーディーを取ったんじゃなかったかな？」

僕は彼を見た。怒りよりも好奇心が勝っていた。「それが何か？」僕はやっと訊いた。

「君はその日のラウンドで、四ホール連続でバーディーを奪った。フロントナインの四、五、六、七番だ」と彼は言った。「八番ホールを覚えているかい？」

思い出そうとしたが駄目だった。ツアー予選会での失敗はすべて十六番ホールで起きたことのトンネルに押し込められていた。

「さあ、よく考えるんだ。ミスに執着するわりには、八番ホールで起きたことを忘れているなんて信じられないな」ボブは煙草を吸った。そしてほほ笑むと、ポケットに手を入れ、僕に向かってボールを投げた。

十三

僕は回転しながら飛んできたボールをキャッチしようとした。だが、ボブの投げたボールは勢いが足らず、眼の前に落ちた。それを拾おうとかがんだとき、それはティーのうえにあった。僕は手を引っ込め、体を起こして周りを見た。ボブはもういなかった。ジョニーもいなかった。背後にあった背の高い松や、イーストレイクの壮麗なチューダー様式のクラブハウスは消え、代わりにフェアウェイの両サイドにヤシの木が並んでいた。気がつくと、空気がベタベタとして蒸し暑かった。額のうえで汗が玉になっている。右を見ると、なんとなく見覚えのある顔があった。二十代くらいの若い男で、かっぷくのよい腹をしていた。〝Ｗｉｌｓｏｎ Ｓｔａｆｆ〟と赤い文字で書かれた白いサンバイザーの下から、薄いブロンドの髪が覗いていた。僕に向かってニヤリと笑ったが、サンバイザーの下の眼はあまり友好的とは言えなかった。

「くそっ、クラーク。四連続バーディーかよ。もう来年のツアーのことでも考えてんだろう」

ニヤニヤが広がった。

「まだ十一ホール残ってる」僕は自分自身に言い聞かせた。胃がねじれるような感覚を覚え、これは実際の自分だと思った。やっと思い出した。

「このコースの難しい部分はもう終わった」と彼は言った。僕は彼の名前を思い出した。デュークイ・バーネット。彼はツアーで二年プレイし、その後、出場権を失っていた。やがて調子を取り戻し、予選会ではこの時点で僕を大きく引き離していた。彼はほぼ合格を手にしており、僕が当落線上にいることを知っていた。とにかくおしゃべりで、ラウンドのあとにはツアーでの二年間のプレイやアーノルド・パーマーと一緒にラウンドしたことをやたらと自慢したがった。彼のことはあまり好きではなかったが、今考えてみれば、デューイと同じようなゴルファーが多いことに不満を感じていたのだと思う。やや太り気味で、よく酒を飲み、知性のかけらもない。だがこのろくでなしは、グリーン上ではすべてを支配していた。三メートルの距離からなら、必ずボールはカップに吸い込まれた。

「しかもこのホールは楽勝だ」とデューイは付け加えた。

僕はフェアウエイを見下ろして同意した。まっすぐな三百五十ヤードのパー4。フェアウエイは巨大なアパートメントなみに広かった。唯一厄介なのは、左サイドに木々が並んでいることだった。それでも僕は腕が強張っているのを感じた。またデューイの突き刺すような視線を感じていた。いいよな、お前はもうほぼ合格なんだから……

バックスイングでクラブを切り返すのが早すぎた。そしてダウンスイングに入ったとき、体の前で手がいつもより早く返るのを感じていた。こらえようとしたが駄目だった。インパクトとともに、ボールは宙に舞い上がり、すぐに左に曲がった。ボールは左サイドの木々のあいだに入っていった。そのときになって初めて、白いOB杭《くい》が眼に入った。

「ひっかけだ《スナッパー》」デューイが僕の左で言った。彼を見た。ニヤニヤは少し収まっていたが完全には消えていなかった。

僕はとんでもないスナップフック――ダックフックと言うこともある――を打ってしまった。トラブルになるとしたら、まさにこれしかないというような文字どおりのミスショットだった。右だったら、フェアウェイを百ヤード外していても、まだプレイは可能だっただろうに。

「ついてないな、クラーク」とデューイは言った。だがその声に気持ちはこもっていなかった。僕は高校や大学、ミニツアーで何年も一緒にプレイをしてきた連中のことを考えていた。彼らは何よりも人を苛立たせるのが好きだった。それはゲームの一部だった。そしてトゥイッケナム・カントリークラブのビッグチームの連中はその道のプロだった。だが、今僕は、その何年も前に覚えた、困惑と恥ずかしさを思い出していた。僕はティーをグラウンドに刺し、そのうえにボールを置いた。体を起こすと、デューイ・バーネットをちらっと見た。サメのように歯を見せて笑っていた。が、彼は消えていなくなり、ジョニーが戻ってきた。ボビー・ジョーンズもいた。煙草のにおいがした。

「思い出したかい？」とボブは訊いた。

「ええ」と僕は答えた。

「このあとどうなった？」すでに答えを知っている高校教師のような口ぶりだった。

「打ち直しのティーショットをフェアウェイに運んだ。ウェッジで三メートルにつけ、ツーパットしてダブルボギー」そう言うと僕は肩をすくめた。「下手《へた》すればもっと悪かったかもしれない。ペナルティの二打を除けばパープレイだった」

「確かに」とボブは同意した。「予選会の六ラウンド中、あのホールでボギーを叩いたのは三人だけで、ダブルボギーだったのは君だけだと言ったら驚くかね?」

僕はボールを見つめた。「父さんがラウンドのあとに言いそうなセリフだ。『ランディ、いったいどうしたら一番簡単なホールでダブルボギーなんて叩くんだ』ってね」

「で、どうしてだと思う?」とボブは尋ねた。その声には、かすかにからかいが含まれていた。

彼を見上げると言った。「デューイにやられたからだ。いつも皮肉屋連中にはイライラさせられるんだ」

彼は僕に近づいてきた。「そのとおりだ。だが問題はもっと深いところにある。君は成功に対処できなかったんだ」彼は優しい笑顔を向けた。デューイ・バーネットとは違い、ボブの眼は思いやりに満ちていた。「セルフ・コントロールとは、物事がうまくいかないときに感情をコントロールすることだけじゃない。うまくいっているときに、自分のうぬぼれや不安をコントロールすることだ」

「どうやって?」

彼は肩をすくめた。「その質問に対する簡単な答えはない」彼の声は大きくなった。「だが、結局は、よいものであれ、悪いものであれ、うれしいことであれ、悲しいことであれ、感情や不安をコントロールできる者こそが成功するチャンスをつかむ可能性が高いんだ」彼はそう言うと唇を舐めた。「そうでないと人は不安定になる。根っこのない木のように。ちょっとした感情の変化でも突風のように作用して、前に進もうとするのを邪魔する」彼は短くなった煙草を吸うと地面に投げ捨て、足で踏み消した。「ランディ、わたしは七年間、自分の感情に負けて勝利の輪から遠ざかった。ほかのプレイヤーに勝とうとしたが、結局、自分が勝てなかったのは自分自身だったんだ」

「どうやって克服したんですか?」もはや彼の手に落ちていた。僕は身を乗り出していた。その秘密が何であれ、どうしても聞きたいと思った。「どうやって自分に勝つことができたんですか?」

「どん底まで落ちた」

僕は首をかしげた。「どういう意味ですか?」

だがボブは僕から眼をそらし、フェアウェイに眼をやった。イーストレイクの三番ホールは長く危険なパー4だった。「簡単なホールは終わりだ」彼はやっとそう言うと、先に進むよう僕に頷いた。

十四

そのあとの十五ホールはぼんやりとしていた。フェアウェイをグリーンまで歩く足取りが加速したような感覚だった。この瞬間を愉しむべき、すなわち、母が好んで言っていたように〝バラの香りを愉しむように人生を愉しむ〟べきなんだろうとわかっていた。だが、できなかった。

イーストレイクの十八番ホールはかすかに上りの二百ヤードのパー3で、左手には歴史的なクラブハウスが見えた。僕はジョニーに三番アイアンを頼み、ボブがティーアップするのを見ていた。ラウンド中、自分のスコアについてはあまり考えていなかったが、ここまではイーブンパーだと思った。見たところ、ボブは3から4アンダーだった。予選会に関する思い出がフラッシュバックした会話のあと、ずっと息を潜めていた疑問が、彼がティーショットを打とうとするのを見ていて蘇ってきた。「ボブ、このホールでもう終わりだ」と僕は言った。軽い感じになるように笑みを浮かべながら。「あなたにとってのどん底っていうのがなんだったのか教えてくれませんか?」

彼は僕を見て、そしてグリーンを見上げた。僕の質問を無視して、ボールに近づくと、スタンスを取り、高いボールを放った。ボールはピンの右五メートルのあたりに落ち、さらに近づいて止まった。

「ナイスショット」と僕は言った。

「ありがとう」とボブは言い、グリーンを見上げてからゆっくりと息を吐いた。「わたしにとってのどん底は一九二一年だった」と彼は言い、視線を芝生に落とした。

「あの全米アマですか？　クラブを女性にあてたのはどこのコースでした？」

彼は首を振った。「あれは前菜のようなものだ。メインコースはセントアンドリュースの全英オープンだ」

「何があったんですか？」

彼は僕をじっと見上げるとほほ笑んだ。「自分で確かめに来るといい」

今度はどうなるんだろうと思い、口ごもった。ボブの笑みが広がり、人差し指で近づくように示した。「今回はドラマチックなことは何もない」と彼は言った。

隣に行くと、彼は僕に腕を回して地面を指さした。「一瞬だけ下を見るんだ」

言われたとおりにした。

「今度は顔を上げて」

眼を上げると、思わず息を飲んだ。イーストレイクのチューダー様式のクラブハウスや木々、起伏のある緑のフェアウェイは消えていた。

僕は広大な不毛の大地の真ん中に立っていた。地面はびっしりと敷き詰められた茶色い芝に覆われ、芝生と言うよりも土のようだった。木は一本も見えなかった。その代わりに、遠くに灰色がかった青の北海が見えた。

「セントアンドリュース」と僕は囁くように言った。

「あい」とジョニーが言い、僕は彼のほうに顔を向けた。スコットランド人は隣に立っていた。彼は過去二回の回想シーンにはいなかったが、今回は一緒だった。「何が――」

「あそこです」彼は僕のことばをさえぎると、僕の後ろを指さした。

振り向くと、若きボビー・ジョーンズがこちらに向かって歩いてくるのが見えた。眼は虚ろで顔面は蒼白《そうはく》だった。額には汗がにじんでいる。彼は立ち止まった。僕は自分たちがティーグラウンドに立っていることに気づいた。右のほうをちらっと見ると、十一番ホールと書かれた看板に手を置いている男がいた。「前のホールは6だったね?」ボブのパートナー――僕の知らないゴルファー――がボブに訊いた。

「ああ」とボブは言った。その声からは苛立ちが伝わってきた。パートナーがスコアを書き留めると、ジョニーが僕にスコアカードを見るように指さした。前に進み出ると、スコアカードに並んだ大きな数字を見て息を飲んだ。「ひどいプレイだ」と僕は言った。

「あい」とジョニーが答えた。

ボブを見た。彼は、今、セントアンドリュースのオールドコースの不毛の草原を見下ろしていた。自分のパートナーがドライバーショットを打つのさえ見ていなかった。地面にティーを刺すときの態度は、全米アマのときに見たものよりもさらにひどかった。すでに負けているように見えるだけでなく、そのことをほとんど気にしていないようでさえあった。ティーショットを放つと、ボールは右に行った。ギャラリーのうめき声がすべてを物語っていた。ボブはティーを地面からひったくるように取ると、眼も向けずにクラブをキャディーに渡した。ジョニーと僕は彼のあとを追った。フェアウェイの両サイドに並んでいた何百人ものギャラリーもそれに続いた。

ボブはラフの茂みのなかにあるボールの前で立ち止まった。しばらくして力強くスイングをしたものの、ボールはそのまま動かなかった。もう一度打つと、今度は茂みから出たものの、数ヤード飛んだだけでまた草むらのなかに消えていった。

「なんてこった」と僕は言った。見渡すとギャラリーの視線がすべてボブに集中していた。その多くは首を振っていた。ほとんどはしかめっ面だったが、笑みを浮かべている者もいた。その笑みは悪意のあるものではなく、むしろ自分もセントアンドリュースの歯にかまれたことのある者の表情だった。ボブはイライラしてボールのあったところにクラブを振り下ろし、別の草の塊を宙に舞わせた。悪態をつき肩を落とした。ボールが落ちた場所まで進み、フェアウェイを見た。視線の先を追うと、彼のパートナーが両手を腰に当てて、自分のボールの隣に立っていた。ボブがもう一度打つのを待っているのだ。ボブは二回スイングしたのに、まだパートナーのボールを越えていなかった。まだ彼のボールのほうがグリーンから遠く、彼が先に打たなければならなかった。

ボブはグリップを決めると、スタンスを合わせた。ピンを見ることもなく、スイングを始め、ボールを打った。ボールはピンに向かって右から左に弧を描いてグリーン手前にオンした。ボブは何も言わずにキャディーにクラブを返した。

彼は終わった。僕はそう思った。彼はまた自分に負けたのだ。

パートナーがショットを放ち、グリーンに乗せたあと、ボブは自分のボールをさっと見ただけで、パットを放った。ボールはカップを数十センチオーバーした。パートナーに「お先に」と言うと、ボールに向かって勢いよく歩いた。フィールドから出て行くんだ。父の忠告が僕の頭のなかに再び聞こえてきた。ボブも同じことを考えているのがわかった。カップをちらっと見ると構えてパットを打った。明らかにボールがカップインすると予想してボールのあとを追った。が、カップに落ちる代わりに、ボールはカップの縁を舐めるようにして外れた。ボブはまるで裏切られたというかのようにボールを見つめていた。そして、ボールをカップインさせることなく、体をかがめると……

「駄目だ！」と僕は声に出して言った。だが僕のことばはほとんど役に立たなかった。偉大なボビー・ジョーンズがボールをピックアップしたとき、僕はただ力なく立っていた。彼はパートナーのほうに歩いていき、手を差し出した。相手は一瞬躊躇したが、やがてボブの手を握った。パートナーの表情にはショックと失望の色が浮かんでいた。グリーンとフェアウェイのギャラリーを見ると、彼らも同じ表情をしていた。多くは怒りで顔を真っ赤にしていた。

「あきらめた」とある男が言った。「ボビーは試合を投げたんだ」

ホールアウトする前にボールをピックアップすることは自動的に失格になることを意味していた。ボビー・ジョーンズは間違いなくあきらめたのだ。僕は、ホールの向こうへ歩いて行くボブを追いかけた。「そんなの駄目だ」彼に向かって叫んでいた。「みんな、あなたのプレイを見に来たんだ。あなたはボビー・ジョーンズなんだぞ」しかしボブは歩き続け、さらにペースを上げた。クラブハウスに入った。そこにはプロショップやバーがあると思っていた。が、そこはもうセントアンドリュースではなかった。

僕たちは今、小さな部屋にいた。部屋の真ん中にベッドがあった。僕は息子が埋葬された日にフロリダのホテルにいたダービー・ヘイズのことを思い出していた。

だが、このシーンは違っていた。部屋には女性はいなかった。ボブがほかに誰もいない部屋のベッドのうえに坐り、顔を両手で覆っていた。泣いているようだ。ようやく顔を上げて、両手を離したとき、くぼんだ眼にはもうひとつの感情が浮かんでいた。

恥辱。

「ゲームでも人生でも、あきらめたとき、セルフ・コントロールを永遠に失うことになる」振り向くと、部屋のすみにもうひとりのボブがいた。彼は煙草に火をつけ、マッチの火が一瞬、彼の顔を照らした。「これがわたしにとってのどん底だ」と彼は言った。「家族や友人はわたしを恥じ、スポーツ記者はわたしをはりつけにした」彼は煙草を吸うと咳払《せきばら》いをした。「わたしは試合を投げた。そして残りの人生でどこにいっても、その恥辱と向き合わなければならなかった」

「でも、あなたは勝った」と僕は言った。「このあとすぐに、違いますか?」

「勝ったのは一九二三年の全米オープン。二年もあとのことだ」

僕は彼に一歩近づくと、さっき見た人々の表情を思い浮かべた。激しい怒り。ラウンド中にボールを拾い上げて試合を投げることほど、ゴルファーにとって最悪なことは思いつかなかった。

「こんなひどいことはない」ボブはまた僕の心を読んでそう言った。

「どうやってそこから立ち直ったんですか？　いったいどうやって？」

彼は煙草を吸うと、部屋の窓のカーテンを開けた。「見るんだ」

僕は窓の外の暗闇を覗き見たが、何も見えなかった。「何を探せばいいんですか？」

「眺めるんだ」とボブは言った。

眼の前のガラスから眼をそらさなかった。優に一分間、景色は変わらなかった。そして、遠くに、かすかに光が見えた。それは東の低い位置から、ゆっくりと昇っていった。

僕はボブをにらみつけた。「またですか？」

「何がだね？」

「陳腐な決まり文句で恩着せがましいことを言おうってんでしょ。今度はなんですか？　どんなに悪いことがあっても日はまた昇る。それが教訓ですか。このベッドから飛び降りて、窓をさっと開ければ、メジャーで十三勝する秘訣《ひけつ》がわかるとでも？　おそらく七面鳥を運んでいる少年を見つけて、前の日に逃したパートナーとファンのために料理するように頼んだんでしょう（ディケンズ作、『クリスマス・キャロル』のなかで、主人公のスクルージが改心して、これまでこきつかった使用人のボブ・クラチット一家に七面鳥を贈る話がある）。スクルージ爺《じい》さんは太陽を見て教訓を学んだんでしたっけ？」僕は答えを待たず、ドアに向かって歩きだした。ドアを開けようとしたが、鍵がかかっていた。向き直るとボブを指さした。「ここから出たい。もううんざりだ」

だが、部屋のすみにいたボブは消えていた。代わりに部屋のなかで僕が見ていたのは、ベッドに横たわるボビー・ジョーンズだけだった。彼は悲しそうな眼で窓の外を見つめていた。

「彼らは忘れさせてくれないだろう」僕は彼の囁く声を聞いた。

そして僕の後ろから、マッチを擦る音が聞こえた。振り向くと、ドアの前にまたもうひとりのボビー・ジョーンズが立っていた。

「太陽が昇って来ても、わたしは以前と同様、落ち込んだままだった。だが、君が言ったとおり、陳腐な決まり文句にも真実がある。太陽は昇った。それからの二十四カ月半、毎日太陽は昇った。わたしは家に帰った。批判にじっと耐え、それでもプレイを続けた。わたしはセントアンドリュースでは試合をあきらめたかもしれない。だが、ゴルフはあきらめなかった。人生はあきらめなかった」

「何をしたんですか？」

「努力し続けた。勝つためには、感情をコントロールしなければならないとわかっていた。そして、最終的にできるようになった」

「どうやって？」

ボブはほほ笑んだ。「一部は年齢によるものだ。あのときわたしは二十歳《はたち》だったからね。ゴルフのプレイ経験は豊富だったが、十分な人生を過ごしていなかった」彼はそう言うと、僕の周りを回って、窓のほうに歩いた。「君がさっき話したスクルージが七面鳥を持った少年を呼び止めるときのことを知ってるかね？」

「ええ」

「こっちに来て」と彼は言った。そのまま窓の外を見つめていた。

僕はため息をつくと、言われたとおりにした。

「見るんだ」と通りを指さして言った。「何が見える？」

僕は肩をすくめて言った。「人々が見えます」

「何をしている？」

「ねえ、ボブ、こんな――」

「答えるんだ」彼はことばをさえぎり、僕の腕をつかんだ。

僕はもう一度、通りに眼をやった。「子どもを連れたカップルが歩いています。老人が別の老人と話している」眼を細めた。「店の主人が自分の店の前を掃除しているようだ」

「ホテルの下の通りの向こう。あそこを見るんだ」彼の指の先には歴史的なセントアンドリュースのクラブハウスがあった。キャディーがゴルフバッグを運ぶ姿や、練習グリーンでパットの練習をするプレイヤーの姿が見えた。

「プレイヤーとキャディーが次のラウンドに向かっています」と僕は言った。「それがどうしたっていうんですか？」腕を彼の手から引き離して尋ねた。

「それがどうしたかって？」彼は僕のことばを繰り返し、ほほ笑んだ。「そうやって人生は続くんだよ、ランディ。わたしは昨日のゴルフトーナメントを投げ出し、ベッドで悲しみにふさぎ込んでいる。だが、あそこにいる人たちは……」彼はもう一度指さした。「……生きることをやめない。彼らは、昨日もしわたしが試合をあきらめていなくても、同じように商売を続ける。あのゴルフトーナメント――全英オープン――はあのあとも続き、地元セントアンドリュース生まれのジョック・ハッチソンという選手が優勝した」彼はそう言うと、両手を力強く僕の肩のうえに置いた。「トーナメントは続く。人生も……続く」彼は振り向くと、ベッドのうえの二十歳の頃の自分自身を見た。「だが、わたしはそこにいる。絶望と敗北の狭い世界に迷い込んでしまっている」彼は静かに笑った。「世界は自分を中心に回っていないとわかったのがいつだったかは覚えてないが、ある時点で、トーナメントを投げ出すことがどんなにひどいことであっても、自分が考えていたほどじゃないことに気づいたんだ」彼は話すのをやめると、僕から離れ、瞳を輝かせて言った。「ものごとは決して見た目ほど、悪くも……よくもないんだ」

気がつくとゴルフ界の伝説的なレジェンドに詰め寄って、その胸に指を突きつけていた。「息子のグラハムが死んだとき……あれは見たままのひどい出来事だった。あなたは間違ってる、ボブ」

彼は視線をそらさなかった。「わかるよ、ランディ」その声は、今は低くなっていた。「わたしの足が不自由になったとき……あれは見たとおり最悪だった。子どもを失うこととは比べ物にならないとわかっているが、わたしは人生の最後二十年間を背中の痛みに悩まされて過ごし、そのうちの十五年間は車椅子で過ごした」彼は再び口を閉ざすと、ポケットから煙草のパックを取り出した。一本抜き出して口にくわえたが、火はつけなかった。「どんな気持ちかわかるかね？ わたしのように、世界で最も偉大なゴルファーと呼ばれた男が、愛したゴルフをできないことが？」ボブはマッチを擦ると煙草に火をつけた。「歩くことさえできないことが？」

僕は首を振ったが、何も言わなかった。今は息子のことを考え、心は病室に戻っていた。心電図が心臓の停止したことを示す単調な音が聞こえ、部屋のかたすみに父がいることに気づいた。メアリー・アリスの悲鳴がこめかみに響いた。

ボブは煙草を吸った。「もう二度と歩けないと医者に言われた日にも、太陽は西に沈んでいった。人々はそれぞれの仕事をしていた。それでもゴルフはプレイされ、男と女は恋に落ちる」彼は眼を細めた。「グラハムが死んだときも同じことが起きていた。人生はまだ続いていた。いくつかのものは見た目どおりにひどかったが、それでも人生はずっと続くんだ。わたしにとっても、君にとっても、誰にとっても止まることはない」彼はため息をついた。「ただ続くんだ」

眼をしばたたいて涙をこらえた。「僕にとっては違う。この奇妙な夢が終わったら、僕にとっての人生はもう終わる」

「ランディ、君が今、苦境に陥っているのはわかる――」

「苦境？」僕は言い返した。「破産が迫っていて、結婚生活も破綻している。生きているよりも死んだほうが妻や娘のためになるんだ」僕はまた歯を食いしばった。「グラハムは死んだ。僕は彼を助けてやることができなかった。父も死に、僕のことを誇りに思ってもらえなかった」そう言うと、窓の外を見た。眼下の人々はもういなかった。灯りも見えなかった。

闇しか見えなかった。

死にたい。眼を閉じながらそう思った。数秒間、ひょっとしたら一分近く、部屋は静まり返っていた。もはやボブの存在を感じることも、煙草のにおいを嗅ぐこともなかった。顔に風を感じ、眼を開いた。胃がぎゅっと引き締まり、思わず息を吐き出した。僕はテネシー・リバー・ブリッジの縁に立っていた。ゴルフスパイクを履いたままだったので、動こうとはしなかった。一歩間違えればバランスを崩してしまうとわかっていた。

「君は間違っている」ボブの声が後ろから聞こえてきた。が、振り向かなかった。「それが君の望んでいることじゃないだろ」彼は続けた。「君は怖がっている。わたしが正しいかもしれないことを怖がっている。人生は続くということを」

危険な状態にいるのに、僕は自分のなかで怒りの炎が燃え上るのを感じていた。この幽霊はどうしてそんな言い方ができるんだ？　振り向いたとき、橋の縁で右足が滑った。スパイクが足元で脱げ落ち、体を橋に叩きつけられた。そして橋の縁から滑り落ちだした。すんでのところで指が橋の縁にかかった。見上げるとボブの顔があった。

「飛び降りようとしてたわりには、落ちないように必死だな」

反論しようと口を開いたが、ことばが出てくる前に握力がなくなり、後ろ向きで落ちていった。川に向かって落ちていくとき、ボビー・ジョーンズの幽霊の姿はもう見えなかった。衝撃に備えて身構えているときに見えたのは灰色の空だけだった。手を伸ばした。自分でもわからない何かを求めて。

最後の瞬間、僕は体をすくめ、眼を閉じた。

十五

びくりとして眼を開けた。ここはどこだ？　僕は死んだのか？　ボビー・ジョーンズの最後のことばを思い出していた。飛び降りようとしてたわりには、落ちないように必死だな。そしてバランスを失った。

自分の車のなかにいることが、ゆっくりと理解できてきた。車のなかで何をしてるんだ？　フロントガラスから外を見て、自分がモンロヴィア・ゴルフコースの砂利敷きの駐車場にいることに気づいた。クラブハウスのトレーラーは、車を止めたときのままだった。いつからだ？　ドアのラッチをつかむと車から降りた。足はゴムのように力が入らなかった。自分のいる場所を確かめようとまばたきをした。暗くはなかったが、灯りはほとんどなかった。ずっと車に乗っていたんだろうか？　駐車場に入ったのはいつだった？　九時？　朝の九時半？

時計をちらっと見た。七時三十分。車にもたれかかって自分の服を見た。朝着ていたジャケットとネクタイ姿に戻っていた。トレーラーに入って、イーストレイクとボビー・ジョーンズの魅惑的な世界に迷い込む前に、魔法のように着替えていたゴルフシャツとスラックスは、もう消えていた。誰もいない駐車場に眼をやった。暗くなっていた。トレーラーの向こうに広がるモンロヴィア・ゴルフコースの平らなフェアウェイを眺めながら、僕は自分がプレイしたラウンドとボビー・ジョーンズが伝えようとした教訓のことを考えていた。四人のヒーロー……

四つのラウンド……
深く息を吸い、そして吐いた。「セルフ・コントロール」日が沈むのを見ながら、声に出して言った。「ダーブ、君は何をしようとしてるんだ?」僕はそう囁くと、転がり込むように車に乗り、ドアを閉めた。ほぼ一分間、運転席に坐ってエンジンの音を聞きながら、ジョーンズとのラウンドのことや、彼と共有した回想シーンのことを考えていた。

あの偉大なボビー・ジョーンズがクラブを放ったり、セントアンドリュースで試合を投げ出したりしたひどい姿を見て、興味をひかれたのは確かだった。ジョーンズのようなチャンピオンが、自分自身をコントロールするのに苦労していたことを知って、少しだけいい気分になった。だが、彼は立ち直った。ギアを入れて、ゆっくりと車を駐車場から出しながらそう思った。ボビー・ジョーンズは一九二三年から一九三〇年までのあいだにメジャーで十三勝した。一九三〇年に四大メジャータイトル――グランドスラム――をすべて制して引退した。彼は自分自身に勝ったのだ……

七十二号線に入ると、どこに行くべきか考えた。この日の朝はテネシー・リバー・ブリッジから飛び降りるつもりだった。だが、今はボビー・ジョーンズとのラウンドのあと、疲れ果ててしまって、自分に自信が持てなかった。しかもジョーンズとの夢の終わり方を考えると、今日はすでに一回飛び降りているような気がしていた。暗闇のなかを飛び降りたくはない。そう思い、左に曲がって家へ向かった。

「明日だ」僕は囁いた。「明日やろう」

十六

午後八時十五分、僕は自宅の私道に戻った。メアリー・アリスのステーションワゴンがカーポートのいつもの場所にあったのでその隣に止めた。車から降りると、デイヴィスの自慢のさび色のジープが縁石のうえに止まっているのに気づいた。この二年間、彼女は近所の芝生を刈ったり、ベビーシッターをしたりしてお金を稼ぎ、十六歳になったときにこの車を買っていた。僕がまだ家に帰っていないときにはいつも、通りに車を止めていた。

彼女がこんなに勉強熱心で根気強く、頼もしい子どもに育ったことに対し、自分はどれだけのことをしてやれたのだろうかと思った。明日は彼女の将来を守ってやるつもりだった。

家に入ると、ハンバーガーとオニオンリングの香りがした。キッチンに歩いていき、カウンターのうえに置かれた〈バーガーとオニオンリング〉の袋を見てほほ笑みながら、冷蔵庫からビールを取り出した。デイヴィスは時々、ゴルフの練習のあとにファストフードでお腹を満たさなければならないことがあった。

奥の居間に入ると、娘はいつも僕の坐る革製の椅子に坐っていた。頼まれる前に椅子から立ち上がったが、眼はテレビに向けたままだった。

「ママはどこ?」僕は椅子にどさっと坐ると尋ね、ずんぐりとした〈ミケロブ・ライト〉のボトルから一口飲んだ。

「ベッドだと思う」とデイヴィスは言った。

「もう？」

「バスルームかもしれない。具合が悪いって。練習から帰って来たとき吐いてた」

「様子を見てこよう」と僕は言うと、ビールを置いた。立ち上がる前に娘を見た。髪をポニーテールにしてソファに坐っているデイヴィスは、若い頃のメアリー・アリスにとてもよく似ていた。僕はなんとか疲れた笑みを浮かべた。「練習はどうだった？」

「アイアンだけで九ホール回った。2オーバーだった」

「悪くない」

彼女は肩をすくめた。「よくもないよ」

デイヴィスはまた肩をすくめて言った。「ジャックは七十四だった。ショットはよかったんだけど、パットが悪かったみたい」

「マスターズは？」

僕は鼻を鳴らした。「どうなんだろうな、あのほうきみたいなパターは？　トップは誰？」

「ケン・グリーンが六十八。初めて聞く名前ね。ノーマンとワトソン、カイトが二打差で続いてる」

僕はため息をついた。「なるほど」

「ジャックにもまだチャンスはあるよ、パパ」デイヴィスはそう言ったが、僕は歩きながら彼女に手を振った。無理だ、と僕は思った。

寝室に入ると、メアリー・アリスはベッドにはいなかった。バスルームのドアを何回かノックした。「ハニー？　大丈夫かい？」答えがなかったので、なかを覗いてみた。

妻はバスローブ姿で、膝をついて両腕を便器に回していた。僕が何か言おうと口を開こうとすると、便器に覆いかぶさるようにして吐いた。

なかに入って、彼女のうなじのあたりに優しく手を置いて撫でてあげた。「ハニー？」

彼女は口元を拭いたが、僕のほうは見なかった。「食中毒だと思う」彼女はなんとかそう言うと咳き込んでまた吐いた。

「ひどいな」と僕は言った。彼女の背中を軽く叩きながら、何か言うか、できるかすることがあればと思った。

「行って」彼女はすすり泣くようにそう言った。背中に置いた僕の手を押しのけると、また覆いかぶさるようにして吐いた。

「何かできることが――」

「お願い、ランディ！」彼女は叫ぶと、両手で口を覆った。上半身が震えていた。「お願い」と繰り返した。

僕は妻から離れ、次の吐き気の波に歯をくいしばって耐えている様子を見ていた。この三年間に、メアリー・アリスがソファやベッドで何度も泣いている姿を見てきたことを思い出していた。そんなとき、僕はただ立ち尽くす以外に何もできず、なんと声をかけてやればいいかもわからなかった。

僕には彼女を助けてやることはできない。そう思った。今も……グラハムを失ったことでも……どんなことにも……

バスルームのドアを閉めると、額をドアに押し当てるようにしてよりかかった。「何を食べたんだい？」

「母がお昼にミートローフを持ってきてくれたの」

「ああ」と僕は言った。思わず笑ってしまった。

「駄目よ。偉そうなことは言わないで」彼女は話し続けたが、その声はトイレを流す音にかき消された。聞こえてきたのは「……悪気はなかったんだから」というところだけだった。

「何か手伝えることはないかい？　水を持ってこようか？」

「ううん、大丈夫。とにかく何もかも体から出さないと。デイヴィスがあなたのために〈バーガーキング〉で何か買ってきたみたい」彼女は咳き込んだ。「どこに行ってたの？　仕事？」

「うん、忙しい一日だったんだ」

「ごめんなさい」と彼女が言った。僕は思わず顔をしかめた。妻はここで胃のなかのものを吐きながら、僕の一日が忙しかったことについて謝っている。罪悪感のマントが僕を包んだ。

「病院から手紙が来てたわ」と彼女は言った。「あなたの椅子の隣のコーヒーテーブルのうえに置いてある」

僕は眼を閉じた。「開けたの？」

また咳き込み、鼻をすする音が続いた。「返済できなければ二週間以内に訴訟を起こすそうよ」そう言うとまた吐いた。

「心配いらないよ。大丈夫だ、ハニー」と僕は言った。テネシー・リバー・ブリッジのイメージがまた頭に浮かんできた。「考えがある」

「わかったわ」彼女はなんとかそう言った。

僕は行こうとしたが、彼女が名前を呼ぶ声が聞こえた。「ランディ」

「なんだい？」

バスルームのドアのほうを見ると、きしむ音がして数センチだけ開いた。彼女の青白い顔が隙間から覗いた。「明日のダービーのお葬式に行けそうにないの。ごめんなさい。あなたは行ける？」

無意識のうちに頷いていた。

「シャーロットがあなたに頼みたいことがあるって言ってた……」唇が震えている。「ひとりで行かせて申し訳ないんだけど――」彼女は突然話をやめ、眼をそらした。一瞬のあと、激しく嘔吐《おうと》する音が聞こえた。

「ダービーの葬式やシャーロットのことは心配しないでいいから」僕は、トイレを流す音にかき消されないように大きな声で言った。「任せてくれ」

返ってきた反応は、鼻をすする音と唾を吐く音、そしてまた嘔吐する音だけだった。なんてこった、ビービーめ。僕はメアリー・アリスの母親をデイヴィスのつけたあだ名で呼んだ。あの哀れな女性に悪気はなかったんだろう。だが、彼女が〝役に立とう〟としたことがとんでもないことになるのはこれが初めてではなかった。僕は頭を振ると居間に戻った。コーヒーテーブルのうえに手紙が置かれているのを見て一瞬立ち止まった。

考えがある。そう言った。だが、今日見たおかしな夢のことや、明日、列席しなければならない葬式のことを考えると、本当だろうかと思った。そして、キッチンテーブルの椅子に坐っていると、ボビー・ジョーンズの声がまた耳元で聞こえてきた。彼の声は優しかったが、毅然《きぜん》としていた。飛び降りようとしてたわりには、落ちないように必死だな。

第二ラウンド

十七

レジナルド・ダービー・ヘイズの葬儀は、翌日の正午、バーミングハム郊外のホームウッドにある、トリニティ・ユナイテッド・メソジスト教会で行われた。十五分前に到着すると、すぐに祭壇の前にいるシャーロットに気づいた。三十四歳のシャーロット・ヘイズは、僕よりも六歳若く、ダービーより十歳も年下だった。彼女とダービーは、十年ほど前、ツアーの最中にフロリダ州のネイプルズで出会っていた。

「ランドルフ、ミズ・シャーロットは、おれが今まで会ったなかで一番魅力的な女性だ」ダービーは、あとになって僕にそう言ったが、そのことばはうそではなかった。夫の葬儀で、喪に服するために黒のロングドレスを着ていながらも、赤褐色の髪、色白の肌、そして背が高く、運動選手のようなスタイルは、今も十分に目立っていた。式が始まる前に彼女にハグをしようと思い、大股で通路を進んだ。僕と眼が合うと、彼女は何人かの参列客の周りを回って近づいて来て、僕の胸に飛び込んできた。「ああ、ランディ。彼はあなたのことがとても好きだったわ」

「すまない、シャーロット。メアリー・アリスも来るはずだったんだけど、お腹の調子がひどくて家にいるんだ」と僕は言った。「彼がいなくて本当に寂しいよ」

彼女は頷くと唇をかんだ。「あなたは彼の親友だった。彼は……あまり友だちがいなかったから」

僕は鼻を鳴らした。「彼は人気者だったよ、シャーロット。誰とでもすぐに仲良くなったし、数えきれないほど友だちがいた」

シャーロットはハシバミ色の眼を輝かせて首を振った。「ううん、そんなことない」

僕が答える前に、牧師が彼女を引き離した。「最後の確認をお願いします、ミセス・ヘイズ」と彼は言った。

シャーロットは僕を見た。「あとでわたしを探して。あの……お願いしたいことがあるの。いい？」

「もちろんだよ」と僕は言った。「なんでも言ってくれ」


葬儀は簡素なものだった。主の祈りが唱えられ、ダービーの姪《めい》が『アメイジング・グレイス』を歌った。牧師が〃レジナルド・ダービー・ヘイズの人生を祝う〃ためのあいさつのことばを述べたあと、最後にダービーの弟クリフが弔辞を述べた。家族の昔話を披露し、ダービーが誰からも尊敬されていたと語ると、牧師もそのことばに頷いた。愉しいことが大好きな男で、いつもパーティーを盛り上げてくれた。家族や友人に惜しまれて亡くなっていったと。

ダービーは弟のスピーチや参列者のことを誇らしく思っていることだろう。教会には二百人もの人がいた。葬儀が『主われを愛す』――クリフは兄のお気に入りの讃美歌だと言った――の合唱で終わると、二日前の夜に見たダービーの幽霊のことを考えずにはいられなかった。大破したジャガーに乗っていた友人の姿。彼が自分の人生をあまり評価していなかったこと。ダービーの亡霊の言っていたことが真実だとしても、僕はそのことを決してシャーロットに負わせるつもりはなかった。

何が現実で、何がそうでないのかがわからなくなっていた。ボビー・ジョーンズとジョニーという名のスコットランド人キャディーと一緒にラウンドしているあいだ、僕は何をしていたのだろう。モンロヴィア・ゴルフコースのクラブハウスの前に止めた車のなかにずっといたのだろうか？　昨日は、本当にイーストレイクやセントアンドリュースに連れて行かれたのだろうか？

頭がおかしくなっているんだろうか？

もっともな疑問だった。僕は死んだ人間の幻を見ていた。長いあいだ意識を失っていた。そしてこれらの幻覚を見ている前と、そのあいだ、僕はずっと自殺することを真剣に考えていた。それほどたいしたことじゃなかったのかもしれない。簡単なことだ。僕は頭がおかしくなってしまったんだ。それ以外に説明がつかなかった。自殺を決意した僕の体と心が自己防衛モードに入ったのだ。僕の心をぐちゃぐちゃにして、自殺をさせないようにしているに違いない。閉会の讃美歌を口ずさみながら、そんな考えを振り払おうとした。シャーロットのお願いとやらが気晴らしになってくれるとしたらありがたかった。

教会の正面にある棺を覗き込みながら、最後に参列した葬儀のことを思い出していた。父の葬儀は、墓前で、家族と親しい友人だけで行われた。僕は母の隣に坐っていた。母は短い祈りのことばのあいだも、その後自宅で参列客をもてなしているあいだも、ずっと冷静な態度を崩さなかった。僕たちにも決して涙を見せず、いつものように、自分よりも周りの人間の気持ちを考えていた。その夜、母を車で家まで送ったときになってやっと、母はずっと抑えてきた悲しみを解放するようにすすり泣いた。

僕は父が死んだときにも、葬儀のときにも泣かなかった。癌《がん》は九カ月のあいだにゆっくりと父の膵臓《すいぞう》をむしばみ、骨にまで達していた。最後には四十キロ近くやせてしまい、仕事をしていた頃の武骨な煉瓦職人の面影はまったくなくなってしまった。そのときには、母でさえ、もし自白薬を飲まされていたら、父が死んでほっとしたと言っていたことだろう。

僕は父を愛していたのだろうか?

深呼吸をして眼をこすった。答えはイエスだ。僕は父を崇拝していた。

父は僕を愛してくれていたのだろうか?

父との一番の思い出は、十一年前に一九七五年のマスターズを自宅で一緒に観たことだった。父は僕が裏庭にフェンスを造るのを手伝いに来てくれて、僕たちは、なんとか後半の九ホールに間に合った。感傷的な時間ではなかった。「息子よ、愛してる」とか、「お前のことを誇りに思うよ、ランディ」といったことばはなかった。僕たちは、ただ居間のソファに坐って、ジャック・ニクラウスの五度目の、そして最後となりそうなマスターズ優勝を見ていた。ふたりともジャックを応援していたが、おそらく僕のほうが父よりも思いは強かっただろう。僕たちはいろいろなプレイヤーのスイングのこと、コースの美しさ、そしてもちろん、ジャックが勝利を決めた、十六番ホールでの十二メートルの曲がりくねったパットについて話した。そのパットを見ながら、思わずふたりとも立ち上がった。パットが入ったとき、僕は大きな声で「イエス！」と叫んだのを覚えている。父のほうを振り向くと、顔に満面の笑みを浮かべていた。何も言わなかったが、一度だけこぶしを握りしめてガッツポーズをした。

僕は牧師の祈りのことばに頭《こうべ》を垂れ、もう一度眼をこすった。そのとき、指が濡れているのを感じ、自分が涙を流していたことに気づいた。父に関する記憶のほとんどは、指示や忠告、そして命令で、今となってははっきりと覚えていなかった。だが、一九七五年の四月、僕たちは確かに同じ経験を共有していた。いっときのことだったが、あれが僕たちの人生のすべてだったのかもしれないと思うときがある。素晴らしい時間……

父は僕を愛してくれていたのだろうか？

そうだと思う。だからこそ、僕の心のなかに恨みが募っていったのかもしれない。父は僕を愛していた。だが、それを示すのが下手だった。なぜ僕を支えてくれなかったのだろう？　悪いラウンドをしたあとに、背中を軽く叩いて慰めてくれたこともなかった。大きなトーナメントの前に、励ましのことばをかけてくれることもなかった。一度も。覚えているのは欠点を批判することばばかりだった。父が励ましのことばをかけてくれるとき、その裏にはいつも厳しい教えがあった。立ち上がって家族を支えるために働け。ゴルフはあきらめて弁護士になれ。現実的になって責任を自覚するんだ。グラハムが死んだあとも家族のために強くあれ。お前は一家の長であり、妻や娘の手本にならなければならないんだぞ。

父はハグをしてくれることもなければ、飾り立てたことばで話すこともなかった。彼の世界は黒と白だった。正しいことは正しい。間違っていることは間違っている。十分でなければ、十分ではない。シンプルだった。そして十分ではない者がたまたま自分の息子だったときも、父は悲しい人生の現実を甘い砂糖でくるんだりはしなかった。

すべての男は、人生のどこかで自分がジョー・ネイマスにはなれないと気づくときがある。

僕は考えることに疲れ、顎をぐいと引いて歯をくいしばった。眼を開けると、祈りを捧げる信徒の向こう、牧師のすぐ後ろにある、ふたの閉じられた棺に眼をやった。今は亡き友人のことを考え、自分が思っていたよりも彼のことをよく知らなかったことに気づいた。

ダービー・ヘイズは挫折感を抱いた、悲しい男だった。

弱いんだ。頭のなかで父の耳障りな声がした。何年もかけて、父の厳しい話し方が潜在意識に染みついていた。それがもたらす考えは嫌いだったが、それでもそれは確かにそこにあった。

ダービーは弱かった。これまでに彼のケツを蹴ってくれる人がいたら、ドラッグに手を出したり、浮気をしたりしていなかったかもしれない。

僕は眼をつぶった。親友のことをそんな辛らつなことばで考える自分が嫌だった。

そして父と父の辛らつな言い方を憎んだ。僕は父を愛していた。そして憎んでいた。

僕はあの人を崇拝していた。そして、ずっとあの人に苦しめられてきた。墓場からもずっと。

みんなが教会の外に出たので、僕もそのあとに続き、樫《かし》の木陰でシャーロットを待った。太い木の幹に背を預けて待っていると、セントアンドリュースのホテルの部屋と、ボビー・ジョーンズの虚ろな、沈んだ眼が頭に浮かんできた。彼は立ち直った。ボールを拾い上げてメジャー・チャンピオンシップを投げ出してしまったが、そこから戻ってきた。自分自身を取り戻し……そしてレジェンドとなった。

僕は頭を振ると、木から地面に突き出た根をじっと見た。彼は二十五万ドルの治療費に直面しているわけじゃない。彼の息子は癌で死んではいない。彼は戻ってきた。だけど僕ほどひどい目には遭っていない。

「ランディ？」

顔を上げると、シャーロット・ヘイズが眼の前に立っていた。彼女は赤く腫らした眼を細めると、僕の腕に触れて訊いた。「大丈夫？」

また気を失っていたのかと戸惑った。どこにも連れて行かれたわけではなく、突然の回想もなかったが、シャーロットの心配そうなまなざしを見ると、どうやら元気がなさそうに見えたのだろう。「ああ、大丈夫だよ」と言った。「ちょっと……ダーブのことを考えてたんだ」必ずしもそうではなかったが、それでもそう言ってしまったことに罪悪感を覚えていた。シャーロットの眼に涙が浮かんでくるのを見て、さらに罪悪感が募った。僕は彼女を抱きしめようと引き寄せた。そして少しのあいだ、彼女は僕の肩で泣いた。

「ごめんなさい」彼女は囁くようにそう言った。「まだ彼が死んでしまったことが信じられないの」彼女の手が、こぶしになるほど僕の肩をぎゅっと強く握るのを感じた。「それにすごく怒ってる。お酒を飲んで運転するなんて。人生も……わたしたちの未来も投げ出してしまうなんて」

彼女は体を離すと、僕の腕を指で強く握った。「それにみんな、彼のことを誤解してる。クリフ、牧師……誰もが」

「どういう意味だい？」

「ダービーはのんきに振る舞っていたかもしれないし、友人や家族の周りには、笑いが絶えなかったけど……」彼女は額にしわをよせ、涙をこらえた。

「だけどなんなんだい、シャーロット？」

「彼は幸せじゃなかった」彼女は歯をくいしばってそう言った。「彼は惨めだった。もうツアーでプレイできるほどのパットが打てないことを悔しがっていた。もうトーナメントで勝てないことや、もっといい選手になれなかったことをひどく悔やんでいた」彼女は僕の腕を離し鼻を拭った。僕はスーツのジャケットのポケットに手を入れ、ハンカチを取り出した。彼女は何も言わずにそれを受け取り、鼻をかむと空を見上げた。「彼はほかにも望んでいるものがあった……でも、わたしたちにはできなかった……」次第に小さな声になり、唇をかんだ。「ありがとう」彼女はハンカチを僕に返そうとしたが、僕は手のひらを上げて制した。

「持っていてくれ」と僕は言った。新たな悲しみの波を感じながら。ダービーは悩みを僕に打ち明けてはくれなかった。

彼女は頷き、いっとき、ふたりとも地面を見つめていた。うなじに風を感じ、今日はいい天気だと初めて気づいた。ゴルフ日和《びより》だ。そう思いほほ笑んだ。この気持ちのいい日が友人の葬儀には最適だと思い、彼が空のうえの大きなカントリークラブでラウンドしていることを願った。おそらくボビー・ジョーンズやジョニーと一緒に……

シャーロットが僕の手を握るのを感じ、彼女を見た。

「お願いがあるの、ランディ？」

僕は彼女の手を握り返した。「ああ、なんだい？」

彼女は深呼吸をすると言った。「ダービーはショール・クリーク・ゴルフコースで多くの時間を過ごした。文字どおり、世界で一番好きな場所だった。あそこにはロッカーがあって、彼にとって特別なものがあると思うの。彼が死んでからいろいろなことがあって、まだショール・クリークに行けてない。ダービーが死んだ道を運転したくないという気持ちもあって……」彼女はことばに詰まった。再び泣くまいと懸命に戦っているのがわかった。震えないように、両手を合わせていた。「……彼のロッカーを整理するのはわたしじゃないほうがいいと思ってる。ショール・クリークは……彼にとって神聖な場所だった。ゴルフは、いろんな意味でダービーにとっての教会のようなものだった。たぶん大切なものをロッカーに保管していたはず。わたしにはその重要性がわからない。あなたならわかるわよね？」

僕は頷いた。

彼女は僕をじっと見た。「あなたの判断を信頼してる。もしわたしが見るべきものがあると思ったら、家まで持ってきて。そうじゃなかったら、あなたが持っているか、捨ててしまって。

あなたの好きなようにしてくれればいいから」

「本気かい？」と僕は訊いた。「クリフじゃ駄目なのかい？」

「彼に頼もうかとも思ったけど、あなたのほうがいいと思う」彼女はため息をついた。「ダービーがわたしや彼の家族には見せたくないものがあるんじゃないかとも思ってるの」

「どんな」

彼女はにらむように眼を細めた。「ガールフレンドの電話番号とか。カートガールやラウンド相手の奥さんと浮気したときの迷子のパンティとか」

彼女のまなざしの強さに思わずうつむいた。「わかった」と僕は言った。

「あなたは彼のことを誰よりも知っている。そんなことを疑うのは間違ってると思う？」

樫の木の根元から顔を出している根っこを見つめながら、僕は首を振った。「いいや」と僕は言った。シャーロットがこの依頼をした理由を予想できたはずだったのにと思った。「すまない」と僕は付け加えた。

「いいのよ、ランディ。わたしはあの人のことを愛していた。彼がほかの女の子に手を出していたのは知っていた。でも、やっぱり彼を愛していたの。わたしたちはいいチームだった。小さな秘密を教えてあげましょうか」彼女は囁くように声をひそめた。「浮気をしてたのはダービーだけじゃなかったの」

思わず顔を上げ、耳を疑った。

彼女は苦々しげに笑った。「そんないい子ぶらないで。ダービーとわたしには問題があった。

だからわたしたちなりの方法で対処したのよ」と彼女は言った。「誰もがあなたとメアリー・アリスのような結婚生活を送れるわけじゃないのよ、ランディ」

僕はまた足元に眼をやった。シャーロットのことばを聞かなければよかったと思っていた。「メアリー・アリスと僕も、完璧なんかじゃない」僕はなんとかそう言った。グラハムの死後、僕と妻の距離がどれほど遠くなってしまったかを感じながら。そして、息子を失ったことを乗り越えるために何もできなかったことに、激しい無力感を覚えながら。

僕にできることは飛び降りることだけだ。

「誰も完璧なんかじゃない」とシャーロットは言った。「でもあなたたちはそれに近い。帰ったら彼女を抱きしめてあげて」

僕はまた地面を見下ろすと、母親のミートローフのせいで、ベッドのうえで胎児のように丸くなっている妻を見たときのことを思い出し、罪の意識が体を満たすのを感じていた。

「そうするよ」と僕は囁くように言った。短く息を吸うと眼を上げ、彼女の頰にキスをしようと身を乗り出した。「じゃあ、ショール・クリークに行ってくるよ」と僕は言い、彼女は頷いた。歩きだそうとすると、シャーロットが声をかけて止めた。「ランディ?」語尾がかすれていた。

「なんだい?」と僕は言い、彼女のほうを見た。

「こんなことまでしてくれてありがとう」

十八

少しぼーっとした感覚のまま、二百八十号線を走った。ダービーやシャーロット、そして閉ざされた扉の向こう側で行われている、人々の人生の秘密について思いにふけっていた。僕はダービーが夢に生き、成功と幸福の絵を描いていると思っていた。

まったく違っていた。

昨日のラウンドでボビー・ジョーンズが言っていたことを思い出していた。ものごとは決して見た目ほど、悪くも……よくもない。それが真実だとわかっていたが、その反面、ものごとは少なくとも見た目どおりであるべきだとも思った。

いいや、そうじゃないのかもしれない。僕はヒュー・ダニエル・ドライブに入りながら、頭のなかでそう答えた。深く息を吸って車のスピードを落とし、カーブの多い道を進んだ。ダービーのように、無謀なスピードで走るのは危険だった。いくつものカーブを曲がりながら、ジャガーがどこで道をはずれたのか思い出そうとしたが、警察が事故現場を片付けていたため、次から次へと現れるカーブを見分けることはできなかった。ヒュー・ダニエル・ドライブの突き当たりまでくると、左に曲がって四十一号線に入った。一マイルほど進むと、右手にクラブの入口が現れた。スピードを落とし、ゲートに着くと窓を下ろした。制服を着た警備員が、ゲートの隣の守衛室から出て僕の車に近づいてきた。「何かご用ですか?」と彼は尋ねた。

「僕は今週初めに自動車事故で亡くなったメンバー、ダービー・ヘイズの友人だ。彼の奥さんから、彼女の代わりにロッカーを整理してほしいと頼まれたんだ」

「ああ、はい。ミスター・クラークですね。ミセス・ヘイズからあなたがいらっしゃると伺っていました。ミスター・ダービーのことはお気の毒でした。とてもよい方でした。いつも気さくに接してくれて、わたしのことも名前で呼んでくれました」

僕は男の制服についた名札をちらっと見た。〝アーヴィン〟とあった。「ありがとう、アーヴィン」と僕は言った。

彼は頷くと言った。「ミセス・ヘイズにお悔やみのことばをお伝えください」

「わかった、伝えよう」

「プロショップにあなたが向かっていることを伝えておきます」

僕が答える前に、アーヴィンは背を向けると守衛室のほうに向かってきびきびと歩き、ドアのなかに手を入れた。すぐにゲートが開いた。車でクラブハウスに向かいながら、最後にここへ来たのがいつだったか思い出そうとした。去年の夏？　それとも二年前の夏だったか？　いつだったかはともかく、そのときはダービーとトゥーメン・スクランブル方式（ふたり一組でベストボールをそれぞれが順番に打ち、その後もベストボールを選ぶことを繰り返してスコアを競う形式の競技スタイル）でプレイし、トーナメントに優勝した。僕らはゲームのあと、バーで勝利を祝い、賢明にもタクシーを呼んでダービーの家に帰ったのだった。愉しかったな。

そう思いながらも、どこか半信半疑だった。僕らは本当に愉しい時間を過ごしていたのだろうか？　ふたりとも、ただいっときだけ、自分たちの人生から逃げていただけなんじゃないだろうか?

いずれにしろ、彼に会ったのはそれが最後だった。二日前に彼の幽霊が現れるまでは。

僕は車寄せに止まると車から降りた。プロショップへと続く通路に向かおうとすると、若い係員が僕を迎えるために走ってきた。「ミスター・クラークですか?」

「ああ、そうだ」

「こちらへどうぞ。ミスター・ヘイズのロッカーにご案内します」

車寄せから、右手に緑のゴルフコースが広がるのが見えた。ジャック・ニクラウスが設計したこのコースは、木々に囲まれた起伏のあるフェアウェイとベントグラスのグリーンが美しいコースだった。ショール・クリークは、オハイオ州コロンバスにあるミュアフィールド・ビレッジ・ゴルフクラブに続いてジャックが初期に設計したゴルフコースのひとつだった。今、ニクラウスの設計したコースは至るところにあり、全盛期を過ぎた彼が、ゴルフコースの設計に情熱を注いでいるのは明らかだった。ジャックのことを考えているうちに、一瞬、マスターズのことが頭に浮かんだ。今日は第二ラウンドで、ジャックが予選を通過するためには少なくともパープレイが必要だった。

クラブハウスに通じるマホガニーのドアに着くと、僕は考えを振り払って、眼の前の仕事に集中しようとした。ダービーのロッカーに何が入っているのか不安だった。お願いだ、パンティが入っていませんように……

若い係員に続いて長い廊下を進むと、有名なコースやプレイヤーの写真が飾ってあり、なかには、二年前にショール・クリークで行われたPGAチャンピオンシップを制したときのリー・トレビノの写真も含まれていた。ロッカールームに入って角を曲がると、ジャック・ニクラウスのロッカー――ダービーと一緒にプレイするときにはいつも彼が指し示してくれた――の前を通り過ぎた。やがて、しばらく進むと係員が立ち止まり指さした。「ここです」茶色のマホガニー仕上げのうえに〝ダービー・ヘイズ〟と金色でステンシル印刷されていた。

「みんなミスター・ヘイズが好きでした」と係員は言った。「ツアーに参加している方とお話やプレイできるのは光栄なことでした」その若者は一瞬、間《ま》を置いた。「いなくなるのはとても寂しいです」

「わかるよ。僕もだ」

彼は箱と短いずんぐりとした鍵を僕に手渡した。

感謝のことばを言うと、彼は小走りで去って行った。僕はため息をつくと、ロッカーに眼を向けた。

十九

友人のロッカーは驚きと知られざる秘密が詰まった宝箱だったと言いたいところだが、悲しいかな、そうではなかった。一番下の棚には二足のゴルフシューズが入っており、ひとつは白一色、もうひとつは白と黒のコンビネーションだった。真ん中の大きな段にはカーキのスラックスが何本かとゴルフシャツが二枚、隣り合ったフックにかかっていた。一番うえの棚には折りたたんだセーターが二枚、帽子がいくつか、そして髭剃《ひげそ》りキットがあった。

中段と下段のあいだには引き出しがふたつあった。左側の引き出しを開けると、スコアカードの山があった。ほとんどがショール・クリークのものだったが、バーミングハム・カントリークラブやアトランタ・アスレチック・クラブ、ペブルビーチ、ほかにも有名なゴルフコースのものがいくつかあった。オーガスタのものもある。開いてみると、そこには三人の名前が書いてあった。ダービー・ヘイズ、ジャック・ニクラウス、そしてトム・ワトソン。スコアを見て驚いた。ダービーは六十八、ジャックが七十、ワトソンが七十一だった。すごいな。下のほうにあるサインを親指でこすりながら、そう思った。

ダービーが五十七で上がったときの、トゥイッケナム・カントリークラブのカードもあった。彼はコースレコードを破ったことをクラブの誰にも言わず、カードを保管しておくだけで十分だと考えたのだ。僕は思わず心を打たれ、トゥイッケナムのカードをポケットに入れた。

二番目の引き出しを開けると、小さな赤いスパイラルノートがあった。何も書かれていない表紙のほこりを払い、最初のページをめくると、七年前の日付が書かれていた。一九七九年二月二十二日。その下には、友人の筆跡で書かれた文章があった。〝今日のリビエラでの練習ラウンドはよかった。十八番ホールの攻略法がまだわからない。いくつかいいパットができた。大事なときに打てるだろうか？　今夜は飲みに行こう〟。次に一九七九年二月二十四日の日付があった。ダービーは短いメッセージを書いていた。〝二日酔いのために練習をサボった。サリーを家に送らなければならない。ツアー・グルーピーのひとりだ。いったいいつになったら大人になれるんだ？〟

一瞬、旧友の心のなかを覗き込んだ気がして嫌な気分になった。彼の家族――特にシャーロット――にはこんな経験はさせたくないと思った。

だから彼女は僕に頼んだんだ。

無人のロッカールームを見回すと、後ろのほうに革製の椅子がふたつあった。深く息を吸うと椅子のところまで歩き、腰をかけた。わずかな躊躇のあと、僕はそのままダービー・ヘイズの日記を読むことにした。

最初のページを読んで、これから来るものが予想できた。書いてあることの九十パーセントはパッティングへの不満、シャーロットを騙《だま》していることや飲み過ぎたことへの後悔、そしてトーナメントでの凡庸な結果に対する失望で埋められていた。書き込みと書き込みのあいだに長い空白があったかと思うと、突然、二、三週間のあいだ毎日、いくつも文章が書き連ねてあった。

ざっと目を通していたところ、一九八三年三月三日のところで眼が止まった。〝今日、ランディの息子が死んだ。シャーロットはふたりで葬儀に行くべきだと言うが、トーナメントがあって行けない。彼女は少なくともランディに電話をするべきだと言うが、なんと言ってやったらいいかわからない。本当のところは旧友に嫉妬しているのだ。おれたちは六年前から子どもを作ろうとしていた。ランディの息子は死んだかもしれないが、少なくともあいつには息子がいた。それにデイヴィスがいる。こんなことを考えるのはひどいことだとわかっているが、そう考えずにはいられない〟。

友人のことばの無神経さに怒りを覚えたが、何よりも驚いていた。ダービーが僕に嫉妬していた？

グラハムの葬儀の日である三月六日には何も書かれていなかった。一年以上あとの一九八四年四月十一日まで眼を通した。〝また、マスターズが開催される。恐らく自分にとって最後となるだろう。よいスコアを出せなければ、今シーズンの終わりには引退するつもりだ。ランディに会えてよかった。彼とメアリー・アリス、デイヴィスが元気でよかった。彼らがグラハムの死のせいでまだ落ち込んでいるのはわかっていた。何かできることがあればいいのだが。あいつを愛しているのと同じくらい、自分の存在があいつを苦しめてるんじゃないかと思うことがある。悲しいことだ。彼はＰＧＡツアーのプロになるためなら、何でも差し出しただろう。

そしておれは父親になるためだったら、ゴルフコースで稼いだものをすべて差し出しただろう。人生はなんて残酷なんだ〟。

その一節を読み直しているうちに、友人に対して感じていた苛立ちは消えていた。ダービーは子どもが欲しいという願望や、彼とシャーロットが妊娠に関して問題を抱えていたことについて僕には何も言っていなかった。ダービーの葬儀のときにシャーロットが言っていたことを思い出した。彼はほかにも望んでいるものがあった……でも、わたしたちにはできなかった……

僕はノートを閉じ、誰もいないロッカールームを見回して、鋭い悲しみを覚えた。友人の日記には、僕に隠していた後悔と喪失感に満ちた人生が描かれていた。

やがて僕は日記を脇に挟んで箱を抱えた。ため息をつくと、最後にダービーのロッカーに眼をやり、そしてプロショップに向かった。

ドアのところまで来ると、一時間前に僕をロッカールームに案内してくれた若い係員がドアを開けてくれた。

「終わりましたか、ミスター・クラーク？」

「ああ」と僕は言った。「誰かこの箱をミセス・ヘイズの家まで送ってくれないかな」

彼はほほ笑み、頷いた。「わたしがやりましょう」

日記を手に立ち去ろうとすると、その若者の声に止められた。

「ミスター・クラーク?」

僕は苛立ちを見せないようにしながら振り向いた。もう帰る準備はできていた。

「なんだね?」

「さっきあなたを探しに来た人がいました……あなたがヘイズさんのものを調べてるときに。ドライビングレンジで待っていると言っていました」

「どんな用件か言ってたかな?」

若者は首を振った。「あなたが話したいはずだとだけ」

僕はため息をついた。今度はなんだ? 「名前を言ってたかい?」

「はい」と若者は言った。「ベンと」

僕は眼を細めた。「ベン? それだけ?」

若者は頷いた。「あなたならわかるはずだと言ってました」

二十

プロショップを出て歩きだす前から、〝ベン〟が誰なのかわかっている気がしていた。

あなたならわかるはずだと言ってました……

これまでの人生で知り合ったなかに、金曜日の午後三時にショール・クリーク・ゴルフクラブのドライビングレンジで話したいと言う〝ベン〟という男はひとりも思い浮かばなかった。だが、ドライビングレンジまでの舗装された道を歩きながら、自分を待っている男のことを知っているという思いが強くなっていった。また何かが起きている。そう思いながら、周りの風景が変化していくのを感じていた。眼の前で、クラブハウスの前の大きなパッティング・グリーンが広大な空間に溶け込んでいった。クラブハウスの下にあるショール・クリーク名物の十四番ホールでプレイしていた男たちの姿も視界から消えていった。振り向くと、煉瓦造りのクラブハウスもなくなっていた。一瞬、世界が暗くなり、まるで太陽がいつもよりも速く昇るかのように、刈りたての芝生があらゆる方向から眼に飛び込んできた。何本か木があったが、ショール・クリークの風景とはまったく異なっていた。三百六十度見回すと、まるで緑の大草原のなかにいるような気分になった。ショール・クリークにあった多くの起伏もなくなっていた。コースは平坦《へいたん》だったが、眼の前――数秒前にはショール・クリークのドライビングレンジがあった――に小さな丘があり、その頂上に一本の木が立っていた。

その木陰で男がひとりでボールを打っていた。

「なんてこった」と僕は囁いた。その男はややがっちりとした体格で、身長はおよそ百七十センチ、体重は六十五キロ前後だろうか。茶色の仕立てのよいスラックスに黒のゴルフシューズ、白いゴルフシャツのうえにグレーのカーディガンを着ていた。

頭には白のハンチングをかぶっている。その帽子は、アスコット・キャップ、キャビー・キャップ、ダックビル・キャップとも呼ばれていたが、僕はずっと父が呼んでいたのと同じ名前を口にした。

ベン・ホーガン・キャップ……。史上最高のゴルファーのひとりがかぶっていた有名な帽子だ。父は一枚だけゴルファーの写真を持っていたが、それはベン・ホーガンの写真で、メリオン・ゴルフクラブの十八番ホールで一番アイアンを放ったあとのフォロースルーを捉えたものだった。そのショットはグリーンを捉え、ホーガンは一九五〇年全米オープンのプレイオフに出場する権利を手繰《たぐ》り寄せ、最終的に優勝することになった。トーナメント史上最も大きなプレッシャーのかかったショットと呼ばれている。

近づくにつれて心臓の鼓動が激しくなるのを感じた。振り向くと、フェアウェイの一部とティーグラウンドが見えた。遠くには別のホールのピンフラッグのてっぺんが見えた。僕はゴルフコース上にいた。だが、アラバマ州バーミングハムのショール・クリーク・ゴルフクラブではなかった。木陰でボールを打っている人物に眼を戻した。僕が最初に読んだゴルフの教則本は、ホーガンの『モダン・ゴルフ』だった。そして今、彼が、彼自身が現実にここにいる。あるいは夢なのだろうか。どちらでもいい。彼はスタンスを取ると、遠くのターゲットに向かって頭を少し傾けた。眼を見ると集中力の強さに気づいた。彼の仲間は、彼に〝鷹《ホーク》〟というニックネームを与えたが、その理由はすぐにわかった。クラブをワッグルすると、再びターゲットを見た。そしてスイングをした。特徴であるフラットなバックスイング、右足から左足へのはっきりとわかる水平な体重移動、そしてボールを打ち抜くときの腰と手のスピードに驚いた。動きはきびきびと小気味よかったが、インパクトの瞬間は自信に満ち溢れていた。ボールを打つ瞬間、大砲が放たれるような音がした。ボールの描く弧を眼で追うと、およそ百五十ヤード先のフェアウェイに落ちた。そこにはターゲットにするために置かれた椅子があり、見たところ、椅子から二メートル以内におよそ五十個のボールが落ちていた。

彼がフォロースルーを取っているところに近づいて、咳払いをした。「ミスター・ホーガン？」

彼はボールの落ちた場所をじっと見ていた。まるで僕の声がまったく聞こえなかったかのようだった。彼はディボット――ショットによって削り取られた芝生のくぼみ――をちらっと見てから、ターゲットに視線を戻した。やがて、クラブを木に立てかけると、煙草に火をつけた。口から煙を吐き出しながら、眼を細めて僕を見た。見つめられると、胃がぎゅっと引き締まるような感覚を覚えた。ボビー・ジョーンズには畏敬の念を覚えたが、ホーガンに見つめられるのは、また違った感覚だった。ジョーンズがフレンドリーで近づきやすく、愛想がよいとさえ思えた。

今、帽子のひさしの下から鷹《たか》のような灰色の眼で僕を見つめている男は、そういうタイプではなかった。そのまなざしには冷たさが宿っていた。

「なぜここにいる?」と彼が尋ねた。断固とした率直な口調で、まなざしよりもさらに冷たかった。

無理やり笑みを作りながら言った。「わかりません。僕は——」

「ああ、そうだろうな」と彼は言い放ち、煙草を吸った。最初の冷たい口調は、苛立ちに取って代わられていた。

唇を舐めると、本題を切り出すことにした。「二日前に、死んだ友人であるダービー・ヘイズの幽霊が僕のもとに現れ、僕に素晴らしいプレゼントをすると言いました。四人のヒーローとのラウンド」僕はことばを切った。ホーガンは無表情のままだった。「それぞれのヒーローが僕にレッスンをしてくれると」

しばらくのあいだ——おそらく五秒間——、ホーガンは何も言わず、超然とした表情のままだった。そして、ようやくニヤッと笑った。煙草を落とすと、足で踏んで消した。彼は木の前に倒して置いてあったバケツからボールをひとつ転がして取り出すと、ディボット——六十センチ近い長さになっていた——の端の手前に注意深くクラブで転がして置いた。これだけの長さのディボットを作るのに、いったい何球打ったのだろう。

彼はフェアウェイに置かれた椅子をちらっと見てから、クラブをワッグルし、次のショットを放った。このショットは椅子のプラスチックの背に音を立てて当たった。ここがホールなら、カップに入っていたかもしれない完璧なショットだった。

「グレートショット！」と僕は言った。

彼はフォロースルーをしたままで、ほめ言葉にも反応しなかった。

「何番で打ってるんですか？」氷のように冷え切った雰囲気をほぐそうとしてそう尋ねた。

こちらを見ることなく彼は答えた。「七番アイアン」

「きれいなスイングですね」と僕は言った。口に出してすぐに、見え透いたことばのように感じた。

彼はまた冷たく笑った。「そんなことはない。わたしのは機能的なスイングだ。唯一優れている点は機能していることにある」

僕はほほ笑んだ。「機能的なスイングを美しいと言う人もいます」

彼はほほ笑まなかった。が、少しだけ眼にしわが寄った。氷が溶けてきたのだろうか？

「そうかもしれないな」と彼は認めた。

僕は深呼吸をすると言った。「で、ここはどこなんですか？」

「シェイディ・オークス・カントリークラブ。テキサス州フォートワースだ」

その名前を聞いてピンときた。「ここでプレイして育ったんですか？」

「いや、わたしはここからちょっと南に行った場所にあるグレン・ガーデンズでキャディーとして働きながらプレイを学んだ」

僕は唇をかんだ。父がここにいてくれたらと少しだけ思った。父は僕よりもホーガンのことをよく知っていた。が、やっと思い出した。シェイディ・オークスは、ホーガンが一九五〇年代後半に、選手としてのキャリアの全盛期を終えたあとに作ったゴルフコースだ。「なぜここに？」と僕は訊いた。

彼はまたにらむようなまなざしで見ると言った。「ここが好きだからだ」

僕は頷くと、気持ちを落ち着かせた。「で……僕たちはここでプレイするんですか？」

「最初のラウンドについて話してくれ」

「えーと……僕は……」どこから始めたらよいかわからなかった。「とても変わった体験でした。モンロヴィア・ゴルフコースに車を止めてなかに入ると、その場所が急に――」

「レッスンについてだけでいい」と彼は言った。「ミスター・ジョーンズと過ごして何を学んだ？」

僕はホーガンのほうに首をかしげた。友人のひとりにミスターをつけて呼ぶことに少し驚いた。

「セルフ・コントロールです」とようやく言った。「ミスター・ジョーンズのレッスンの……ポイントは自分の感情をいかにコントロールするかを学ぶ必要があるということです。自分の気性。自分の思考」僕はことばを切った。「すべてを」

ホーガンは何も言わなかった。もうひとつボールを転がすと、僕のほうを見ることもなく、専売特許のスイングをした。ボールは百五十ヤード先の椅子の座面にまっすぐ落ちた。

僕は畏敬の念を覚え、思わず首を振った。「信じられない」

「何がだね？」と彼が厳しい口調で訊いた。フォロースルーの姿勢のままだった。

「二回続けて椅子にあてました」

「あれがターゲットだ、違うか？」

「ええ、ですが……」僕は口ごもった。これ以上、この男を……幻霊を怒らせたくなかった。

彼はイライラとしているようで、僕の口から出たどんな間違いにもすぐに飛びつく準備ができているように見えた。

「ミスター・ジョーンズは偉大な男だ」とホーガンは言い、次のボールを取り出して、ディボットの端の手前に置いてじっと見た。「彼の言うことは正しい。人は自分に勝てなければ、他人に勝つことはできない」彼はそう言うとスタンスを取った。「そしてそれはセルフ・コントロールから始まる」彼はスイングし、午後の空にボールを放った。今度は、ボールが椅子にあたっても驚かなかった。「だが、それだけでは不十分だ」

「どういう意味ですか？」

ホーガンはクラブを木に立てかけると、もう一本、煙草に火をつけた。煙を宙に吹き出したあと、眼を細めて僕を見た。そのまなざしの冷たさに慣れてきたとはいえ、瞳の奥から覗く厳しさに胃が締め付けられる思いだった。

「セルフ・コントロールで君の息子は帰って来るのか？」

僕はほほと眼の奥に熱いものを感じた。

「どうだ？」

息を飲んだ。一瞬、病室の消毒液のにおいがした。グラハムの遺体が運び出された一時間後、僕たちは彼の荷物をまとめていた。もう掃除の担当者が入っていて、タイルの床やトイレからはさまざまなクレンザーのレモンの香りが漂っていた。息子はいなくなり、その部屋には次の患者が入ろうとしていた。医師の判断と神の愛に、生きるか死ぬかをゆだねる別の哀れな患者が。

「いいえ」と僕は囁いた。

「君は自分の思考をコントロールすることができる。感情を完全に支配することができる」ホーガンは僕にではなく、自分自身に語りかけているようだった。だが、僕は今、あらゆることばにすがっていた。「だがクラーク、君の息子は帰ってこない。彼は死んだ」

熱い涙がほほを伝い、僕はこぶしを握りしめた。この男はいったい何様のつもりだ？

「君は彼の死を見ていた。彼のために何もできなかった」

「やめてくれ」と僕は言った。両手と両足が怒りで震えだしていた。無理やり足を動かして木に近づくと、眼の前の男をにらみつけた。

「そして今度は自殺するのか？」ホーガンの冷たい声ももう怖くなかった。

「それが家族のためなんだ」

ホーガンは僕の顔に煙を吹きかけるとさらに一歩近寄った。「家族のため？」彼は厳しく、冷たい口調で僕のことばを繰り返した。そこに聞こえたのは皮肉ではなかった。もっと悪い何か。軽蔑？

「山のような借金がなければ、メアリー・アリスも再スタートを切ることができる。生命保険金でデイヴィスを大学に行かせることができるんだ」唇が震えだす。ぎゅっとかみしめた。

「ふたりとも僕がいないほうが幸せになれる」

「君は馬鹿だ」とホーガンは言った。全身から嫌悪感がにじみ出ていた。

僕はもう一度こぶしを握りしめた。この男がゴルフ界のレジェンドだろうがそんなことはどうでもよかった。彼は僕をどうしようというのか……

ホーガンは両手で僕のこぶしを包み、僕の思考を断ち切った。振り払おうとしたが、彼の力は強かった。リー・トレビノ（60～80年代に活躍した米国のプロゴルファー。ホーガンと交流があった）が彼のことを言っていたのを思い出した。あの男の手首はとても太く、前腕がそのまま手に向かって伸びているようなものだ。今、この男の大きな手を見下ろすと、トレビノのことばは控えめかもしれないと思った。

「わたしを見るんだ」とホーガンは言った。

消毒液のにおいがまた鼻孔を刺激した。あそこには戻りたくなかった。あの病室以外ならどこでもいい。ホーガンの灰色の眼を見ると、また別の記憶を旅することになるという感覚がして耐えられなかった。

「見るんだ」と彼は言い、僕のこぶしを感覚がなくなるまで握りしめた。

「やめてくれ」と僕は懇願したが、彼の声はいっそう険しくなった。

「見るんだ」

最後には、両手の骨が折れそうになるような感じがして、言われたとおりにした。ベン・ホーガンの眼を覗き込んだ。

二十一

まるでホーガンの瞳に体が吸い込まれるような感覚だった。バランスを崩し、膝をついて前に倒れた。ホーガンの手から解放された両手を前に突き出すと、合板でできた床のようなもののうえに手をついた。深呼吸をして周りを見回した。小さな家の居間にいた。男と女が言い争っているのが見えた。男はどこかベン・ホーガンに似ていたが、ずんぐりとしていて、その眼は怒りで大きく見開かれていた。その男の態度は、たった今、シェイディ・オークス・カントリークラブで話していた男の、氷のような冷たさとは対照的だった。何を言っているのだろう？　仕事に戻ることについて何か言っている？　ダブリンに戻る？　そのことばは、まるで水中で話されているかのように聞こえ、思わず耳に手をやった。立ち上がると、すべてがはっきりと見えるようになった。

その部屋は狭かった。椅子がいくつかあり、その前にコーヒーテーブルが置かれていた。男は歯を食いしばっているようだった。女は、子どもたちの学校を学期の最後まで終わらせる必要があると言っていた。「子どもたちのためよ、チェスター！　ローヤルとベンのことを考えて」

男は首を振って床を見つめていた。その視線の先を見ると、椅子のあいだのテーブルのうえに、新聞が置かれていた。身を乗り出してその文字を読んだ。フォートワース・スター・テレグラム、一九二二年二月二十三日。

顔を上げてふたりを見た。女性はフォートワースに留《とど》まるメリットを主張していたが、男――チェスター――のほうは、話を聞いているようには見えなかった。彼は手にバッグを持っていた。夫婦の後ろには、ふたりを交互に見ている少年がいた。

男は最後にため息をつくと、女から離れた。彼女は声をかけたが、男は無視した。少年が男のあとを追い、僕も続いた。男は寝室に入ると、ベッドのうえにバッグを置き、ファスナーを開けた。僕はバッグのなかを覗いた。そこに何があるかはすでにわかっていた。それでも、黒い三十八口径の銃を見ると、喉が詰まるような感じがした。

ベン・ホーガンの父親は自殺していた……

それはホーガンの伝説の一部だった。この一風変わったチャンピオンについて語るときには、父親の自殺について語らないわけにはいかなかった。ほとんどの伝記作家は、ベン・ホーガンが父親の自殺を目撃したと記していた。戸口のところに立っている少年のほうに眼を移した。少年は悲しげな表情をしていた。僕は銃から、まるで、父親に何か話したいが、これ以上動揺させたくないというかのように。見るんじゃない。僕は少年のTシャツとボロボロのズボンを見て、そう思った。何歳だろう？　ホーガンのことを書いた記事で読んだことを思い出そうとした。八歳？　九歳？

男のほうに眼を戻すと、銃に手を伸ばそうとしていた。彼は銃をつかみ、部屋の反対側の自分自身を見つめていた。そこには鏡があり、チェスター・ホーガンの灰色の眼が映っていた。有名な息子と同じ色だったが、伝説のゴルファーの眼に見た断固とした強さは見えなかった。

迷っているように見えた。疲れ果てている。僕の父だったらそう言うだろう。

彼は銃を胸に向けた。「駄目だ！」僕は叫び、手を伸ばした。そして見ていられずに、少年のほうに眼を向けた。少年の眼は大きく見開かれ、口は開いていた。「パパ」ということばを今にも叫ぼうとしていたが、少年の声は聞こえなかった。

その声は背後から聞こえてきたリボルバーの銃声にかき消された。僕は銃声の鳴り響くなか、両手で耳をふさいだ。その音は息子のグラハムの心臓が止まったときの心電図の機械音を思い出させた。膝をついて少年の怯えた顔を見た。口はまだ開いたままだったが、顔は真っ青になっていた。少年の後ろから女性が慌てて部屋に入って来て、少年の前に立った。

「チェスター！　ああ、なんてこと！」彼女は振り向くとベンを見た。少年はまだ同じ場所に立ち尽くしていた。表情は変わっていなかった。

ショックのあまり、涙が僕のほほを伝っていた。少年もショック状態に陥っていた。

女性は悲鳴を上げると部屋を飛び出していった。「ベン、こっちに来て。警察に電話をするのよ」

だが、少年は動かなかった。何度かまばたきをして、動かない父親を見つめていた。最後には母親が少年をつかんで部屋から連れ出した。居間からはそのあとも悲鳴や泣き声が聞こえてきた。そして世界はまた真っ暗になった。何が起きた？

しばらくのあいだ、何も見えなかった。「ミスター・ホーガン」僕は問いかけた。が、そのとき再び灯りを眼にした。僕はさっきまでチェスター・ホーガンと妻が口論をしていたのと同じ居間にいた。玄関の前に女性が立っている。ドアの隣の窓から、外に車が何台か見えた。その女性は黒のロングドレスを着ていた。

「ベン、お願い一緒に来て。お父さんにお別れをするのよ」

少年は椅子のひとつに坐っていた。腕を胸の前で固く組み、不機嫌な顔をしていた。首を振ると、そのまま何も言わなかった。

女性が歩み寄った。「ベン……」やがて彼女はため息をつくと言った。「何時間かで戻るわ」

母親が扉を開け、家を出て行っても少年は何も言わなかった。僕は別の椅子のところまで歩くと、腰かけて少年を見た。唇が震えていた。顔に持ってきた手も震えていることに気づいた。手を伸ばして、少年の肩に置こうとした。が、その手は空を切った。僕は幻なのだ。

僕は椅子の背にもたれかかると、小さな家を見回した。九歳で彼は自分の父親が自殺するところを見たのだ……

ため息をつくと、立ち上がって少年を見下ろした。彼はまだ両手で顔を覆っていた。

そして今度は自殺するのか？

大人になったベン・ホーガンの冷たい声が耳のなかで響いた。眼の前では、九歳のベン・ホーガンが手で顔を覆って泣いていた。

やっと、少年の手が顔から離れた。その姿が変わったことに気づき、僕は息を飲んだ。眼の前にいるのはもはや幼い日のベン・ホーガンではなかった。

代わりに僕が見ていたのは、涙を流している娘のデイヴィスの姿だった。

二十二

僕は、もうベン・ホーガンの幼い頃の家にはいなかった。代わりに、小さい円形のテーブルの脇に置かれた、白い錬鉄製の椅子に坐っていた。娘は黒のロングドレスを着ていた。眼の周りが赤く腫れ、鼻水を流していた。彼女は十二歳だった。

この場所のことはよく覚えていた。テーブルが小さなキッチンのちょうど真ん中にあった。父が亡くなってからの二年間、僕はここで母とコーヒーを飲む朝を何度も過ごしていた。そして今、眼の前に母がいた。コンロのそばに立って、ナイフでパイを切っていた。髪を濃い赤に染めていた。かつては自然な茶色の巻き毛だったが、白くなって好みの色に染めるようになったのだ。彼女はパイの切れ端を皿に載せると、デイヴィスの前に置いた。「エッグ・カスタードパイを食べれば全部うまくいくわ」と彼女は言った。その声はかすかに震えていた。母はカウンターのうえの箱から〈クリネックス〉を取ると、デイヴィスに渡した。「鼻を拭いて、ハニー」母は無理に笑ったが、デイヴィスの表情は変わらなかった。娘は鼻を拭うとティッシュを丸めた。デザートには眼もくれず壁を見つめていた。

デイヴィスの隣の椅子に坐った母は、手を伸ばすとデイヴィスの手をつかんだ。「何か食べたほうがいいわ、ハニー」

「お腹すいてない」と娘は言った。

「あまり食べてないそうじゃない。グラハムが……」母の声がまた震え、僕は眼をそらした。母やデイヴィスが苦しんでいるところを見たくなかった。このとき、僕はどこにいたのだろう？　グラハムの葬儀の日――デイヴィスの服装からしてそうに違いなかった――に、母の家に行った記憶はなかった。

なぜ僕はこれを見せられているんだろう？

「わたしだったらよかったのに」デイヴィスが言った。その声に含まれた苦しみを聞いて、思わず彼女に眼を向けた。

「そんなことを言っては駄目よ、ハニー」と母は言った。その声はしっかりとしていて、もう震えてはいなかった。

「ううん、グラハムはわたしよりもずっといい子だった。頭がよくて、スポーツも得意だった」彼女はことばに詰まった。感情が昂って声が震えていた。「誰もがあの子を愛していた。わたしもよ」デイヴィスは眼を拭うと、母を見た。「あの子のことをとても愛してた」

「わかってるわ、ハニー」母はデイヴィスのそばに椅子を移動させ、肩に腕を回した。「わかってる」

「口に出して言ったことはなかった」とデイヴィスは言った。「あの子が病気になるまで、愛してるって言ったことがなかった。信じられる？　クールなふりをして、そんなこと言わなかったの」

「あの子もあなたが愛してくれていることを知ってたわ」

「あの子に言うべきだった。毎日、言ってあげるべきだった」

背後から声が聞こえてきた。僕は椅子から立ち上がって声のする方向を見た。キッチンと居間のあいだの戸口に、父ロバート・クラークが立っていた。彼は黒いスーツに白いシャツ、えび茶色のネクタイをしていた。顔は青白く、肩を落としていた。覚えていたよりも小さく見えた。いつからそこにいたんだろう。

「人は愛する人に、言うべきことをすべて言えるわけじゃない」と父は言った。そのしわがれた声は母とデイヴィスを驚かせたようだった。ふたりとも振り向いて父を見た。「誰にもできないんだ」父はそう続けると、テーブルに近づき、たった今まで僕が坐っていた椅子に坐った。父がため息をつき、僕は部屋全体に漂う痛みを感じた。僕の家族だ。そしてやっと思い出した。

メアリー・アリスと僕は墓地に残ったのだ。僕たちは父と母に頼んで、デイヴィスをふたりの家に連れて行ってもらった。もう少し、グラハムと一緒に過ごしたかった。メアリー・アリスは息子の葬儀のあいだ、悲しみの爆発と無表情の沈黙を交互に繰り返していた。最後に僕たちふたりはグラハムの墓に手を置き、彼が神とともにあること、そして彼の苦しみが終わったことを神に祈った。僕は妻を家に連れて帰ったあとに、父と母の家にデイヴィスを迎えに行ったのだった。僕たちがいないあいだにこの光景が繰り広げられていたのだろう。

「あの子がいなくて寂しいよ、おじいちゃん」とデイヴィスが言い、僕をその場面に連れ戻した。

「わしもだよ、ハニー」父はデイヴィスの髪に手を走らせた。

「それにパパとママのことが心配。ふたりとも気を強く持っているけど心のなかでは死にそうなほどつらいはず」

眼が潤んでくるのを感じていた。そして涙を流した。「ふたりは大丈夫だよ、デイヴィス。お前のお母さんはタフな女性だ。そして神を信じている。きっと乗り越えるだろう」

「パパは？」

父はテーブルから立ち上がると書斎に通じるドアまで戻った。「デイヴィス、お前のお父さんのことで覚えていてほしい」ドアに手をかけながら父が言った。

娘に眼をやると鼓動が激しくなるのを感じた。「何を？」とデイヴィスは尋ねた。

僕は父を見た。彼は肩越しにデイヴィスを見ていた。「お前のパパは誰よりも強いということを」

僕はふたりが見えるように一歩後ろに下がった。父が言ったことばにショックを受けていた。

「おじいちゃんよりも？」とデイヴィスは訊いた。小さな笑みが戻っていた。

「わしよりもずっと」父はそう言うと、キッチンから出て行った。

二十三

僕は閉まったドアを呆然と見つめていた。テーブルを見ると、デイヴィスがパイを一口かじっていた。

「それでこそわたしの孫娘よ」と母が言い、デイヴィスのほほにキスをした。僕の母、エリザベス・ロウ・クラークが、悲しむ僕の娘を慰めているのを見て、胸がいっぱいになった。どんな状況でもいつも僕を元気にさせてくれるのは母だった。膝を擦りむいたときも、ゴルフのスコアが悪かったときも、成績が悪かったときも、僕はいつも母に愛されていることを感じていた。それは母の才能だった。

涙を拭うとフラフラとした足取りで、キッチンにつながるドアに向かった。父がどこに行ったのか知りたかった。しかし、ドアを開けるとそこはもう両親の家ではなかった。

僕は木の下に立ち、ベン・ホーガンの厳しいまなざしを見ていた。彼が、握っていた僕の手を離すと、僕は数歩後ろによろめいた。いっとき、何を言ったらいいか、どこから始めたらいいかもわからず、ただ彼を見つめていた。幸いなことにベンが沈黙を破ってくれた。

「君のお子さんのことはお気の毒だった」

「ありがとう」彼の視線を受け止めたままそう言った。「あなたのお父さんのこともお気の毒でした」僕はことばを切った。「あなたはその場面を見た。僕には想像することも……」最後まで言えなかった。そして本音だった。自分の父親が自殺するのを見ることがどんなものなのか想像すらできなかった。だが、彼は生き延びた。そして成長した。ベン・ホーガンはスポーツの歴史上、最も偉大なゴルファーのひとりとなった。僕は木の隣に立っている彼を見た。

「父親の自殺を見たことが今の自分を作ったと思いますか?」

「今の自分とは?」

僕はほほ笑んだ。「ベン・ホーガン。史上最高のゴルファーのひとり。九度のメジャー・チャンピオンシップで優勝した」

彼は眼を細めて僕を見た。「わからない。そのせいでわたしが自分に閉じこもりがちで、人付き合いが悪くなったという者もいる。わたしが意地悪くなったという者もいる」

「そうなんですか?」

彼はまだ眼を細めて僕を見ていた。「人生には多くの謎がある」

「どういう意味ですか?」

「そのままの意味だよ」

言い返そうとしたが思いとどまった。ほかにも気になったことがあった。「どうして、グラハムの葬儀のあとの、母と父、デイヴィスとのやりとりを僕に見せたんですか?」

ホーガンは僕から眼をそらし、木に立てかけてあった七番アイアンを手に取ると、ボールを長いディボットのところまで転がした。スタンスを取る前に、僕のほうを見て言った。「何を見た?」

僕は彼に向かって一歩踏み出すと、手で顔をこすった。「みんな動揺していた。母はデイヴィスにパイを作ってやり泣いていた。そして父は……」僕はことばに詰まり、彼を見つめた。

「どういう意味ですか、何を見たかって？　僕が何を見たかは知ってるでしょう。あなたならなんと言うんですか」

「痛み」とベンは言うと、スタンスを取り、しばらくターゲットを見てからスイングを始めた。今度は椅子から数十センチ離れたところに落ちた。「大きな痛みだ」と彼は付け加えた。そして僕を見た。「息子さんの死でつらい思いをしたのは君だけじゃない。娘さん。奥さん。お母さん」彼は一瞬間《ま》を置いた。「そして君のお父さんも」

「わかってます」と僕は言った。自分の声に憤りを聞いていた。

「本当に？　そうは思えんな。彼らのなかに自分の命を絶とうとしている者がいたかね？」

「父はもう死んでいる」僕は言い返した。

「それは知っているし、お気の毒に思っている。だが、君の奥さんや娘さんはどうだ。お母さんは？　彼女たちは今も痛みに耐えている。違うかね？」

「わかってる」と僕は言った。彼に背を向け、シェイディ・オークスの緑色のフラットなフェアウエイに眼をやった。

「それで？」

僕はため息をついた。「僕は違う。僕には山のような借金がある。数十万ドルもの。結婚生活はグラハムの死と病院への借金のせいで行き詰まってしまった。大学に行かせてやれなければば、デイヴィスに将来はない。そして母さん……」僕はグラハムの葬儀のあとに母の家であったこと、そして母がデイヴィスに対し優しく接してくれていたことを思い出して胸がいっぱいになった。母に残されているのは僕だけだ。僕が自殺をしたら、母はどう反応するだろう？「母さんは僕がしなければならなかったことを理解してくれるはずだ」なんとかそう言った。自分のことばが真実であることを願いながら。

ベンは冷やかに笑った。「テネシー・リバー・ブリッジから飛び降りれば問題はすべて解決するのか？」

僕は頷いた。「生命保険金があれば、メアリー・アリスは病院の借金をすべて返済して、デイヴィスを大学に行かせることもできる。僕が早く死ねば死ぬほど、ふたりとも早く、そして簡単にふたりの人生を歩むことができるんだ。借金から解放されて……僕からも自由になることができる」

「本当に自分には未来がないと思ってるのかね？」とベンは尋ねた。煙草に火をつけると、木の下からバケツを取り、ターゲットにしている椅子に向かってフェアウェイを歩きだした。

「君は本当に自分には選択肢がないと思ってるのか？」彼はさっきよりも大きな声で訊いた。

「自分には何も残されていない」と僕は言った。「自分の命以外は」

ベンはそのままフェアウェイを進み、僕は彼のあとを追った。そうしながら、いったいここで何が起きてるんだろうかと思い始めていた。ボビー・ジョーンズとジョニーとの夢とは違って、クラブが忽然《こつぜん》と現れるようなことはなかった。ホーガンは、クラブを一本持っているだけのようで、ゴルフコースのホールのどこかにいた。僕は彼に追いつこうと小走りになり、咳払いをした。「ミスター・ホーガン、いくつかホールをプレイするんじゃないんですか？　そうだと思ってました」

「いや」とこともなげに彼は言った。歩みはゆっくりとしており、僕は彼が足を引きずっていることに気づいた。

「大丈夫ですか？」と僕は訊いた。

椅子のところまでたどり着くと、ホーガンは腰を下ろした。ため息をひとつついて煙草を深く吸った。「疲れたな」そう言うと彼はスラックスの裾を膝まで上げた。両足にはテープが貼られていた。

僕は彼をじっと見た。「どうして足にテープをしてるんですか？　今あなたは……幻霊なのに」

「どうしてわたしの足がテープに覆われているかわかるかね？」彼は足首を指さした。「このひどいしろものに」

僕は頷いた。ホーガンの伝説のなかで、父親の自殺に関する部分については詳しくなかった。だが、ベン・ホーガンがキャリアの後半で歩行困難になった理由については、熱心なゴルフファンなら、知らない者はいなかった。「あなたは交通事故にあった。霧の夜に二車線道路で追い越しをかけたときに、反対車線をグレーハウンドバスが走っていた。バスの運転手はあなたの車が見えずに突っ込んできた。あなたはなんとかぎりぎりのところで、自分の体で奥さんを覆って命を救った」

「自分の命もね」とホーガンは言うと、顔をしかめ、両手でテープの巻かれた足を撫でた。

「全身を骨折したんでしたね？」

「正確には違うが」と彼は言った。「ほとんどを」

「映画を見ました。題名は思い出せないけど、グレン・フォードがあなたを演じていた」

ホーガンはまた顔をしかめた。そしてガラスを貫くような眼で僕を見た。「ランディ、人生でついていないのは自分だけだと思うかね？」

「いいえ」と僕は言い、彼から眼をそらした。「そんなことを言うつもりはありません」

「じゃあ、なぜあきらめるんだ？」

僕の腕は怒りで強張っていた。が、それでも彼の視線を受け止めることはできなかった。

「なぜなら、自分の家族にとって最良の選択肢だからです。経済的な問題を解決し、デイヴィスとメアリー・アリスには将来のチャンスが生まれる」

「君が正しかったとして、そして君の奥さんと娘さんが将来を切り拓《ひら》いていけたとしても……」彼はことばを切ると煙草を吸った。「彼らは君が戻ってくるためなら、なんでも捧げるだろう」ベンの声は小さいが、より響くようになっていた。僕はようやく彼を見下ろした。が、今度は彼が空を見上げていた。

「どうしてわかるんですか？」

「なぜならわたしも父との時間を取り戻すためならなんでも捧げるからだ」

僕は大きく息を飲み、彼から眼をそらした。顎を引くと深く息を吐いた。「何度も考えたんです、ミスター・ホーガン。家族の問題を解決する唯一の選択肢は橋から飛び込むことなんです」

「いや違う」と彼は言い放った。

僕は彼をにらんだ。彼の鉄灰色の瞳が僕をにらみ返してきた。「違うって、どういう意味ですか。どうしてあなたに僕のことがわかるんですか」

「唯一の選択肢ではない」と彼は言った。その声は冷蔵庫のなかのように冷たかった。「最も安易な選択肢だ」

「くそくらえだ」と僕は言った。声は怒りで震えていた。

彼はほほ笑んだ。が、その眼は笑っていなかった。煙草をまた吸うと、手を差し出した。

「さあ、手を貸してくれ」

僕は手を伸ばしてホーガンの右手を握った。そのごつごつとした硬い手に自分の手が包まれるのを感じたとき、彼がまた僕を騙して別の記憶の旅に連れ出すのだろうかと思った。眼を閉じて足元の地面が開くのを待った。何を見せようとしているんだろうか？　バス事故の現場？その後の病院でのこと？　それとも僕の人生の別のシーン？　お願いだ、やめてくれ……

「違うよ」とホーガンは言った。僕は眼を開いた。どこにも行っていなかった。ホーガンが僕の前に立ち、帽子のひさしを一センチほど上げた。「もうわたしと旅をすることはない。わたしは終わりだ。強くなれ、クラーク。人生は誰にとっても簡単じゃない。バス事故であれ、父の自殺を目撃するのであれ、人々は誰もがこの残酷な世界で痛みを経験する。ほかの者よりも多くの痛みに耐えなければならない者もいる」彼はそう言うと、僕のほうに体を乗り出した。僕より身長は低く、体重も少ないのに、思わず身がすくんだ。

「どうやって」僕は訊いた。ことばが思わず口から飛び出していた。「僕に何ができますか？」

彼が眼を細めた。「進み続けるんだ」と彼は言った。「痛みに打ち勝つためには、回復力《レジリエンス》を持って前に進み続けなければならない」

「やってきました」と僕は言った。「何年も、乗り越えようとしたけど、借金はかさむ一方で……自分が嫌になった」

「君には才能がある、ランディ。君にはできることがある」

「あなたのようにはボールを打てません」

彼はやっとほほ笑んだ。「ああそうだ。だが、君にはほかの才能がある」

僕は首を振った。「この穴から抜け出す方法はない」

彼は僕の手を離した。ほほ笑みは消えていた。「いやある。君はそれを使う勇気がないだけだ」

僕は眼を見開いた。

「君はわたしやミスター・ジョーンズが言ったことを何も聞いていない」

「いいえ、聞いてます。セルフ・コントロールと回復力《レジリエンス》。今の状況を生き抜くにはこのふたつの資質が重要です。ミスター・ジョーンズは、自分の気性をコントロールして偉大なチャンピオンになった。あなたは父親の死やバス事故からも立ち直る回復力《レジリエンス》を持っていた」ため息をついた。「わかってます。ちゃんと。でも僕の状況は違う」

「いや違わない」と彼は言った。

答える前に、彼は僕の脇をつかんで揺さぶった。彼の手は信じられないほど強かった。動こうとしたが動けなかった。僕は力なくただ彼の灰色の瞳を見つめていた。

「ロバート・クラークの息子はどうしてそんな泣き言を言うようになった？」

僕は彼をにらみつけた。「父を知ってるんですか？」

「君のことならなんでも知っている」彼は僕を激しく揺さぶった。頭が揺れてめまいがした。

「じゃあ、わかってるでしょう。父は僕のことを信じていなかった。人生で一度たりとも僕を励ましてくれなかった」

「わたしの父は自分の胸を撃った」ホーガンの声はほとんど囁くようだった。「誰にも乗り越えなければならないものがあるんだ、ランディ。橋から飛び降りても父親を傷つけることはない。彼はもう死んでいる。傷つくのは奥さんと娘さん、そして君が神から与えられた才能で助けることができたかもしれない誰かだ。それが君の望みなのか？」

まばたきをしたが、ことばは出てこなかった。

「それが君の望みなのか？」彼が繰り返した。声が大きくなっていた。鼓膜が痛くなるほどの大きさだった。彼はまた僕を揺さぶり、僕は足が地面から持ち上がるのを感じた。彼を見下ろすと、顔は怒りで歪んでいた。

「わたしの視界から出て行け」彼はそう言うと、僕の腕を離した。肩を痛めないように地面の衝撃に備えて身構えたが、仰向《あおむ》けに倒れてしまった。激しく咳き込んで息を吐き出した。苦しかった。なんとか息をすることができるようになると、転がって体を起こし、自分を縫いぐるみ人形のように放り出した人物を見上げた。

だが、そこにベン・ホーガンの姿はなかった。眼をしばたたき、立ち上がって背中についた草や泥をはたいて落とした。薄暗い夕明かりのなか、僕はショール・クリークのドライビングレンジにいた。シェイディ・オークスは消えてなくなった。ホーガンは去った。

深く息を吸うと、ゆっくりと吐き出した。転んだときの痛みが胸に残っていた。まだホーガンのことばが頭のなかで響いていた。それが君の望みなのか？

「大丈夫ですか、ミスター・クラーク？」

声に反応して振り向くと、青年がいた。数時間前にロッカールームに案内してくれ、〝ベン〟という人物がドライビングレンジで待っていると僕に告げた青年だった。

「お友だちはもう帰られたんですか？」と彼は尋ねた。

僕は頷いた。

彼は頭を掻きながら言った。「そろそろ閉めるところなんです。車を回してきましょうか？」

僕は肩越しにドライビングレンジとショール・クリークの起伏に富んだ地形の広がりを眺めた。シェイディ・オークスのフラットなフェアウェイとは対照的だった。「ああ」となんとか口にした。「そうしてもらおうか」

「本当に大丈夫ですか、ミスター・クラーク？　顔が真っ青ですよ」

顔をしかめてもう一度息を吸うと、彼にほほ笑んだ。「大丈夫だよ。車を持ってきてくれ。頼む」

彼は僕に会釈をすると、クラブハウスへ続くカート道を走って去って行った。彼のあとを歩いて追ったが、足がゴムのようだった。疲れ切っていた。時計をちらっと見ると、もうすぐ七時になるところだった。このあと二時間のドライブが待っている。

クラブハウスにたどり着くと、肩越しにドライビングレンジを見た。闇が周囲を包み、木の枝の影以外はほとんど見えなくなっていた。そのとき、ひとりの人物のシルエットがゆっくりと見えてきて、心臓が止まりそうになった。彼は木にもたれかかっているに違いない。だが、僕に見えたのはその男の影とベン・ホーガン・キャップだけだった。

光の閃《ひらめ》きが見え、彼が煙草に火をつけたのがわかった。

それが君の望みなのか？　僕たちのあいだには三百ヤードの距離があったにもかかわらず、まるで三十センチしかはなれていないところで囁いているようだった。そしてちょうどそのとき、マッチの灯りが揺らめいて消え、そこには暗闇だけが広がった。

第三ラウンド

二十四

翌朝、眼を覚ましたときは、体がだるく、喉が渇いていた。前の晩は九時半に家に着き、メアリー・アリスの具合がまだ悪かったので、居間のソファで寝た。眠る前にCBSでマスターズのハイライトを見た。二度のマスターズ・チャンピオンに輝く、おそらく現在世界最高のプレイヤーでもある、スペインのセベ・バレステロスが、第二ラウンドを六十八で回って首位に躍り出ていた。僕はバレステロスと彼の大胆なプレイが好きだったので、その結果には満足していた。ニクラウスは前日までよりもいいプレイをして七十一で回り、トータルで1オーバーとなった。予選を通過したので週末もプレイできるだろう。だが、バレステロスとは依然として六打も差があり、ハイライトを見る限り、バレステロスがつまずく可能性は低かった。

昨日の晩は一晩中、ほとんど一睡もできなかった。ベン・ホーガンが木に寄りかかって煙草に火をつける影が頭を離れなかった。彼は何度も何度も囁いた。それが君の望みなのか？　それが君の望みなのか？

僕は背の高いグラスに氷水を注ぐと、一口で飲み干した。ショール・クリークからの帰り道、ぼーっとするあまり、食べることも、飲むことも忘れていた。

二杯目の水を飲み干したあと、ふたの開いた〈キャプテン・クランチ〉の箱に気づいた。デイヴィスが遅く帰ってきて、カウンターに残していったものだろう。僕はいつもはレーズン・

ブランを食べるのだが、かまうもんか。甘いコーンのシリアルをボウルに入れると、牛乳を少しかけた。

「チャンピオンたちの朝食ね（ゼネラル・ミルズ社のシリアル、Wheatiesのキャッチコピー。カート・ヴォネガット・ジュニアの小説のタイトルにもなっている）」

見上げると、妻が白いローブを着て立っていた。その前身ごろには赤でＭＡＤＣと刺繍《ししゅう》がしてあった。

「メ《M》アリー・ア《A》リス・デ《D》イヴィス・ク《C》ラーク」僕はウインクしながら言った。「素敵だよ」

髪は乱れ、肌は青白かったが、彼女の疲れたほほ笑みと、僕の肩に優しく触れる感触が体を温かくしてくれた。「シャーロットはどうだった?」と彼女は訊くと、僕の隣に腰かけた。

シリアルを何口か食べたあと僕は言った。「なんとか持ちこたえていたよ。悲しみよりも怒りのほうが強いんだと思う」

「悲しみの段階ね」メアリー・アリスはそう言うと首を振った。「コーヒーを淹れましょうか? わたしはまだ胃が弱ってるけど――」

「いや、いいよ。自分で作るから。ここに坐っていて。君にも何か作ろうか?」

彼女は僕の隣に坐ると、こぶしでこめかみをこすった。

「脱水症状かもしれないね」と僕は言った。「〈ゲータレード〉はあったかな?」

彼女は首を振って顔をしかめた。「ううん、でも冷蔵庫に〈スプライト〉があったかも」

僕は冷蔵庫のスプライトの六缶パックから最後のひとつを取り出すと、氷を入れたグラスに注いだ。それから、〈キャプテン・クランチ〉の箱を手に取ると、残っていたシリアルをボウルに入れた。ミルクはなしだ。「これを少し食べてみたら？　ミルクなしなら口当たりのよい味になるはずだよ」

彼女は僕を見てほほ笑み、指で小さな四角いシリアルをつまみ上げ、一瞬ためらったあと、口に入れた。ゆっくりとかむとスプライトを一口飲んだ。「決めたわ。もう二度と母の料理は食べない」

僕は笑った。笑うのは気分がよかった。母親にミートローフで殺されかけた女と、親友を埋葬したばかりの自殺しようとしている男が、〈キャプテン・クランチ〉の朝食を分け合っている。〈ホールマーク〉のカードに描かれるほどではないが、それでも気分はよかった。久しぶりにいい気分だった。

「今日はグラハムに会いに行くわ」と妻は言った。さんざん吐いたせいか、声はしわがれていた。だが、そこには彼女が息子の名前を口にするたびに聞いてきた、決して消えることのない絶望の響きがあった。

悲しみの段階。妻が数分前に言ったことばが頭のなかでこだましていた。否定、怒り、悲しみ、絶望、そして最後に受け入れ。最後のひとつは、少なくとも妻と僕にとっては、決して手の届かないところにあるように思えた。

芽を出しかけていた、いい気分も消えてしまった。「わかった」と僕は囁くように言った。

「いつ行くの？」

「シャワーを浴びたら」と彼女は言った。

「一緒に行ってほしい？」そう尋ねなければいけないような気持ちになっていた。グラハムが死んだあとの数カ月間、僕らはいつもふたりで息子の墓を訪れた。ふたりで泣き、互いに抱き合った。メアリー・アリスはその頃、気分のふさぐことが多く、墓から去らせるのに苦労するほどだった。彼女は墓標にキスをしたり、ひざまずいて抱きしめたりした。次第にそれ以上見ていられなくなり、最終的にはメアリー・アリスひとりで墓を訪れるようになっていた。

「ううん」と彼女は言った。「あなたが来たいのでなければ」

そのことばはしばらくのあいだ宙を漂った。やがて僕はテーブルから立ち上がると、空のボウルをシンクに入れた。「そろそろ事務所に寄ったほうがいいかもな。昨日留守にしていたあいだに、机のうえがどうなってるかわからないからね」

彼女は頷くと、〈キャプテン・クランチ〉をまたひとつ口に運んだ。涙が一粒、ほほを伝ったが、拭おうとはしなかった。

僕は洗剤と水でボウルを洗い、その場を去ろうとした。涙の乾いた彼女のほほにキスをした。

「気分がよくなるといいね」

立ち去ろうとしたとき、彼女のしわがれた声が後ろから聞こえた。「ランディ」

彼女は茶色い瞳で問いかけるように僕を見た。キッチンのシンクのうえの窓から差し込む朝の光のなかにいる彼女は美しかった。

「なんだい？」と僕は訊いた。

一瞬ためらったあと、彼女の問いかけるようなまなざしはもう消えていた。

「ううん、なんでもない」

二十五

息子の墓には一年以上行っていなかった。

自分の人生を終わらせようと思っていたにしても、あそこに戻る気にはなれなかった。罪悪感を覚えるから？　そうだ。自分が人でなしのように感じるから？　墓地を訪れることで感じる絶望に耐えられないような人でなしだから？　そうだ。間違いないだろう。

だが、それでも行くことはなかったし、行くつもりもなかった。家族の昔のビデオを見るほうが好きだった。もっとも最近はほとんど見ていなかったが。スクリーンに映る息子を見るだけで苦痛が増すのだ。デイヴィスの言っていることや、していることに笑っている息子の笑顔を見るのは、心の黒板が鋭い釘《くぎ》で引っかかれるような気分だった。

これ以上耐えられなかった。妻の声や顔に浮かぶ苦悩を見ることに。妻の痛みや絶望を和らげるためにできることは何もないという事実に。そして、自分の身に起きたことを自分でコントロールできないという感覚に。

グラハムを取り戻すことはできない。彼の病院代も払えない。メアリー・アリスやデイヴィスに未来を与えることもできない。

できることはただ飛び込むことだけだ……

カーキのパンツにゴルフシャツとセーターを着て、ブリーフケースを手に玄関に向かった。戸口で立ち止まり、妻に「行ってきます」と言うと、ドアを閉める僕に、妻が「気をつけて」と叫んだ。彼女と知り合ってからずっと、メアリー・アリスは、僕がどこかに出かけるときはいつも「気をつけて」と言ってくれた。それはデイヴィスがあきれて眼をぐるりと回すような――それでいて娘がそのことを心地よく感じていることを僕は知っていた――、母親らしい愛情のこもった仕草だった。もしメアリー・アリス・クラークが、僕が玄関を出る前に「気をつけて」と言わなければ、僕はどこか異世界にいると思うことだろう。

車まで歩きながら、デイヴィスの〈ジープ〉がないことに気づいた。「グース・ポンドか」と僕は声に出して言った。胃のあたりが落ち着かない気分になった。デイヴィスと彼女のハンツビル高校女子ゴルフチームは、スコッツボロの地域招待試合に出場していた。彼女にとっては今シーズンで最も大きな試合だった。

僕たちの儀式を忘れていた……

毎回、トーナメントの前に、僕とデイヴィスは彼女のラウンドプランについて話し合っていた。それぞれのホールのティーショット。ボールを運びたいフェアウェイのサイド。グリーンの種類とどうパットするか。グース・ポンドでは何回もプレイしたことがあったので、アドバイスすることができたのに。いつもは試合の前夜の夕食のあとにこういった話し合いをしていた。彼女がもっと小さい頃は、僕が車でトーナメントに連れて行って、キャディーを務めたものだった。あの頃の僕たちの作戦会議は刺激的で愉しく、コースに持ち越すこともしばしばだった。だが、グラハムが死んでから、デイヴィスも僕も、ただ形だけ続けているような感じになってしまっていた。

僕が試合の前日に遅くまで仕事をしなければならないときには、翌朝彼女が僕を起こして、作戦を検討することもあった。

それが今日は……

儀式をしようとさえしなかったのは今回が初めてだった。彼女は声もかけずに家をあとにし、僕は彼女の幸運を祈ることさえできなかった。

車に乗ると、後悔の短剣が僕を切り裂いた。娘を裏切ってしまった。そう思った。妻を裏切ったように。

「神様、娘にどうかいいプレイをさせてやってください」僕はキーを回しながらそうつぶやいた。自分の人生を終わらせようと真剣に考えている最中に、娘がゴルフコースでいいスコアを出すことを祈っている。その不条理に思わず笑ってしまいそうだった。それどころか、最近の自分が持っている、全能の神に対する信仰心の薄さを考えると、祈ること自体がどこか偽善的に思えた。

僕はため息をつきながら、家をあとにした。車の床に放り投げたブリーフケースをちらっと見て、事務所に行く必要があるのだろうかと思った。ちくしょう。ほかにどこに行けばいいんだ。ゴルフコースには行きたくなかった。過去二回は、ゴルフコースに行ったせいで、一九二〇年代のジョージア州アトランタのイーストレイク・ゴルフクラブや、一九六〇年のシェイディ・オークス・カントリークラブに連れて行かれる幻覚に襲われた。一瞬、ディケーターまで車を走らせ、テネシー・リバー・ブリッジから飛び降りてすべてを終わりにしようかと考えた。だが、ベン・ホーガンの幻霊が耳元で囁くなか、一晩中寝返りを打って悩んだあとでは、安易に死を選ぶことは正しいことのようには思えなかった。

疑問を感じているのだろうか？　きっとそうなんだろう。

「事務所だ」僕は声に出して言った。

二十六

土曜日の朝の事務所は暗く寂しかった。誰もいない廊下を自分のオフィスまで重い足取りで歩くと、周囲の寒々とした静寂に驚いた。まるでカーニバルが街を去った翌日に、祭りの会場を訪れたようなものだった。鳴りやまない電話のベルや、素早く叩くタイプのキーの音はなかった。コーヒーポットのそばでのおしゃべりや、ドアを閉めた会議室の向こうから聞こえるくぐもった声もなかった。これまで僕は、週末に事務所で仕事をすることは避け、どうしてもやらなければならない仕事があるときは、家にファイルを持って帰ることを選んだ。それでも、裁判の準備を進めなければならないときなどは、週末に出社することもあった。いつもなら電気をつけるのだが、今日はそんな気分ではなかった。オフィスに足を踏み入れると、十三年前に事務所に入ったときに贈られた、背もたれの高いワインレッド色の椅子に腰かけた。当時は大きな油圧式のこの椅子に坐って電話を取ったり、裁判の準備をしたりするのが誇らしかった。今、坐ってみると馬鹿らしいとしか思えなかった。このやたらときしむ、法律の黄金時代の芸術品は、坐り心地も悪く、滑稽ですらあった。僕はその椅子に深く坐り、暗い部屋のなかを見回した。唯一の光が、スプラギンズ・ドライブを見下ろす窓から注いでいた。その光が反対側の壁にかかったオーガスタ・ナショナルの十三番グリーンの絵に光を放っていた。

僕はまばたきをしながらその絵を見て、数日前にダービー・ヘイズの幽霊と僕のふたりがグリーンに向かってショットを放った夜のことを思い出していた。

自分に何が起きているのだろう。不思議に思った。水曜日に四十歳になってから起きた、すべてのことについて思いをはせた。ベン・ホーガンのことばが耳元で響いた。

橋から飛び降りても父親を傷つけることはない。彼はもう死んでいる。傷つくのは奥さんと娘さん、そして君が神から与えられた才能で助けることができたかもしれない誰かだ。それが君の望みなのか？

「わからない」僕は声に出して言った。鼓動が激しくなっていた。椅子から立ち上がると、机のうえに両手をついて体を支えた。「わからないんだ！」そう叫ぶと、妻が息子の墓の前にひざまずき、墓石を撫でながら、そこに書かれている文字――ロバート・グラハム・クラーク二世――にキスをしている姿が眼に浮かんだ。

僕たちは父にちなんで息子に名前をつけた。それはメアリー・アリスの考えだった。彼女は自分の旧姓のデイヴィスにちなんで娘の名前をつけていた。

人生で最も僕を傷つけたふたりが同じ名前を共有していた。父にはその傷を修復する機会が何度もあったがしなかった。

グラハムにはまったくそのチャンスはなかった。どうして息子が死んだのか、神は説明してくれなかった。彼はただ死んでいった。

熱い涙がほほを伝い落ちた。オーガスタの絵を見上げると、何かを投げつけたくなった。オフィスにあるすべてのものを壊したかった。髪の毛を全部引き抜いて、何も感じなくなるまでこぶしで顔を殴りたかった。

　飛び降りたい。

「飛び降りたい」僕は声に出してそのことばを繰り返した。が、そのことばは弱々しかった。ロバート・クラークの息子はどうしてそんな泣き言を言うようになった？

　またホーガンの声がした。僕は両手を顔の横にあてて強く押すと、頭のなかからあの寒々とした、非情な声を追い出そうとした。暗闇のなかで眼を凝らすと、さらに声が聞こえてきた。

「飛び降りようとしてたわりには、落ちないように必死だな」

「強くなれ、クラーク……誰もがこの残酷な世界で痛みを経験する……」

「お前のパパは誰よりも強い」

　僕はうめき声を上げ、その声を振り払うように頭を振った。どうにかなりそうだ。

　よろめくようにして机から離れると、床に〈ポスト・イット〉が落ちているのに気づいた。拾い上げて書いてある内容を声に出して読み上げた。「エリー・ティンバーレイクから電話がありました。来週にでも会ってお話がしたいそうです。内容については言っていませんでした」

　メモに走り書きされた内容を、まばたきをしながら見つめた。エレノア・ティンバーレイクは六十二歳の個人開業の弁護士だった。人身事故の原告側の訴訟を専門にしており、十年前には、女性弁護士としてマディソン郡史上最高額の損害賠償評決を得ていた。僕は彼女――彼女の好む呼び方ならエリー、法廷での呼び方ならミズ・エリー――とは、少なくとも十回は宣誓供述をめぐってやり合っているが、そのすべてで徹底的に打ちのめされていた。エリー・ティンバーレイクは冷酷で、温かさや曖昧さとは無縁の女性だった。彼女とのやりとりで唯一、心温まる瞬間だったのはグラハムの死を理由に審理の延期に同意してくれたときだった。

エリーは原告側弁護士としてはハンツビルで唯一の女性弁護士だった。四年前に彼女の事務所のパートナー弁護士になって欲しいと頼まれたとき、僕はうれしさと同時に怖さを感じていた。そのときまでの十年間のキャリアのなかで、僕は一件しか原告側の事件を取り扱ったことがなく、このときもずっと不安を感じていた。適切な主張をしたかどうか、被告の名前は正しいかどうか、手続きの送達は適切だったかどうか、などなど。最終的に和解に至り、クライアントと事務所への十分な支払を得たときでさえ、クライアントに署名するようにアドバイスした秘密保持契約書が適切なものかどうか、免責範囲が広すぎたんじゃないかといったことが気になって仕方なかった。要は、自分は原告側弁護士の仕事には向いていないのだと思っていた。

エリーと会ったときに、そういったことをすべて話すと、彼女はそれらのことを〝被告側弁護士の不安〟だと言って一蹴した。「原告側弁護士の仕事は数が勝負よ、ランディ。一件だけ扱っていればいいってもんじゃないの。死ぬほど不安になるだろうけど、向き合わなきゃいけない。わたしたち原告側弁護士は、野球のバッターのようなもの。わたしみたいに優秀な弁護士でも――」彼女はそこでほほ笑んだ。「三割打てればラッキーなほう。負けることもあるけど、巨額の和解を勝ち取るためには、頑張った末に負けることも覚悟しなければならない。時間はかかったけど、わたしはやってのけた。今わたしに必要なのはパートナーなの。ティンバーレイク&クラーク法律事務所ってのはどう？」

僕は、彼女の申し出にさぞかし驚いたように見えたのだろう。というのも彼女は声に出して笑ったからだ。「考えてみて、ランディ。保険専門の被告側弁護士の単調な仕事から、どこかで飛び降りるのよ。そうしなければ、わたしの年齢になった頃に、朝起きて自分の弁護士としての可能性がないことを悟ることになる」

「自分の可能性を実現するには、原告側弁護士にならなければならないのかい?」と僕は疑うような口ぶりで尋ねた。

「そんなことはない。でも人は今の仕事に囚《とら》われてしまう。わたしの知っている被告側弁護士はみんな、保険会社が弁護士の時間を削ろうとするあまり、訴訟戦略を妨害していると不満を言っている」

僕は唇をかんだまま何も言わなかった。だが、彼女の言うとおりだとわかっていた。それでも僕のクライアントの保険会社は信頼でき、金払いもよかった。彼らのために働いていても金持ちになることはないが、食べていくことはできるだろう。

エリーはミーティングの最後に、忘れられないことばを言って締めくくった。決断を下したあとの数週間、僕はそのことばを思い出しては、眠れない夜を過ごした。「ランディ、わたしは多くの裁判を陪審評決まで導いてきた。そしてあなたはわたしのなかの能力を最大限に引き出してくれる、数少ない弁護士のひとりよ。もしわたしが最高のゲームをしていなければ、あなたに負かされていたはず」彼女はそう言ってほほ笑むと立ち上がった。「パートナーの必要なときが来たの。第一候補はあなたよ」

僕は申し出について考えてみるとエリーに言った。そして考えた。一生懸命考え、何度か電話を取って、イエスと言いそうになった。父にエリーの申し出について話したが、父は乗り気ではなかった。「お前はいい事務所で、ちゃんとしたクライアントを持って安定した仕事をしてるじゃないか。これ以上何を望むんだ？　救急車を追いかける弁護士に本気でなろうと思ってるんじゃないだろうな？」

僕は反発した。父が論理と理性でものを言うときにいつもするように。だが、父のことばは僕の心に浸み込んでいた。メアリー・アリスにも相談したが、彼女も僕が安定した仕事を辞めて、未知の仕事につくことを嫌がった。「エリー・ティンバーレイクのことをどれだけ知ってるの？　ただの使用人のように扱われたらどうするの？　報酬の分配をめぐって争いになったらどうするの？」

原告側弁護士の事務所が和解や評決の報酬の分配をめぐって争い、分裂したという話はよく聞いていたので、メアリー・アリスの心配ももっともではあった。彼女は僕を気遣ってくれようとしていたが、結局のところ、自分たちの持っているものを失うのが怖かったのだ。「もう少し落ち着くまで待ってみたら？　収入を減らすわけにはいかない。そうでしょ？　何年か待ってそれからどうするか考えてみたら？　子どもたちが高校を卒業してからにしましょう」

別な不安もあった。メアリー・アリスや父が言っていた不安とは比べ物にならないほど大きな不安だった。

僕の能力が十分じゃなかったら？

心の奥底では、自分に原告側弁護士としてやっていけるだけの資質があるのか、自信がなかった。法廷は、生活に苦しむほど貧しい、人身傷害専門の原告側弁護士であふれかえっていた。原告側弁護士になれば、ささやかな給料を稼ぐことも、時間当たりの報酬を支払ってくれる保険会社のために仕事をすることもなくなるだろう。自分の食い扶持《ぶち》は自分で稼がなければならない。裁判で勝つか、和解に持ち込むかしない限り、何も得るものはないのだ。

エリーが言っていたこととは逆に、僕は金のために他人や企業を訴えるという仕事のプレッシャーに耐えられる自信がなかった。失敗したら、危険にさらされるのは自分のキャリアだけではなかった。子どもたちの将来も危険にさらされるのだ。それはメアリー・アリスと僕がともに築いてきた人生だった。よりよい何かを期待して、すでに手に入れたものを危険にさらそうというのか？　失敗したらどうなる？　対処できるのか？

僕にそんな力があるのか？

最終的に、僕はエリー・ティンバーレイクには受けられないと答えた。彼女は何も言わなかった。代わりに彼女はただうめくように「わかった」と言った。そして僕がそれ以上何か言う前に電話を切った。しばらくして、彼女はグレンダ・イエーツという名の若い女性パートナーを迎え入れた。新しいパートナーシップがうまくいったのかどうかは詳しく知らない。今もエリーと多くの裁判で一緒になることがあったが、彼女はイエーツがうまくやっているのかどうかや、僕が断ったオファーについて口にすることはなかった。僕は見限られたのだと思った。

彼女は、今また何をしたいんだろう？　秘書が残してくれた手書きのメモを見つめながら僕は思った。僕とエリーとのあいだには、いくつか進行中の案件があった。そのうちのひとつは九十日後に公判を控えていた。それに判事に欠員が出ることもある。ダグラス・ブリンクリー判事は年末に退任することが決まっており、何人かが彼の座を狙って出馬を表明し始めていた。彼女は立候補のために支持を集めているのかもしれない。だが、それはなさそうだった。エリーには敵が多く、判事には向いていないように思えた。だがそんなこと誰にわかる？　とうとう彼女も裁判を争うことには飽きてきたのかもしれない。

僕はメモを丸めると、机の真ん中に放った。

どうでもいいことだ。壁に飾られたオーガスタの十三番ホールの絵を見ながらそう思った。飛び降りてしまえば、何も問題ではなくなる。

ため息をついて眼を閉じた。ひどく疲れていた。一瞬、グラハムの墓前の地面に坐っているメアリー・アリスの姿がまた頭に浮かんだ。そしてかすかに、遠くからパチパチというような音が聞こえてきた……

……手を叩く音？

僕は眼を開けると、スプラギンズ・ドライブを見下ろす窓に向かって歩きだした。たぶん子どもたちが下で遊んでいるのだろう。

だがオーガスタの十三番ホールの絵をちらっと見て、思わず立ち止まった。グリーンの周りにはもはや四つのバンカーはなく、赤いツツジの茂みも見えなかった。その代わり、グリーンの手前にバンカーがあった。僕はグリーンの後ろからフェアウェイを眺めていた。そして今、絵のなかには人々がいた。ギャラリー？

そう、フェアウェイの両サイドにはギャラリーが並んでいた。絵のほうに近づくと、手を叩く音が大きくなっていった。さらに近づくとその音は耳をつんざくほどになった。

「ランディ」誰かがそう言うのが聞こえ、さらに近づいた。僕は絵まであと一歩というところまで近づいた。絵のなかの人々に手を伸ばすと、彼らの着ているものまでわかった。男たちはスラックスにゴルフシャツで、女性たちはサンドレスを着ていた。絵に触れると、指がつかまれて前に引っ張られる感じがした。

二十七

　僕は絵のなかに立っていた。ゴルフコースだ。眼は大きく開き、心臓の鼓動が速くなった。何人かの人々が僕を見て、不快そうな視線を投げかけた。

「すみません」と僕は囁いた。周りを見回していると、手を握られるのを感じた。「ジョニー？」僕をイーストレイクでのボビー・ジョーンズとのラウンドに連れて行ってくれたスコットランド人キャディーだった。

「あい」と彼は言った。そしてほほ笑むと人々の波を指さした。「見てください」

　彼の指の先をたどり、その光景を見て僕は喉が詰まりそうになった。僕のいるグリーン奥の丘のうえから、フェアウェイの両サイドに六列にもなる、信じられない数のギャラリーが見えた。グリーンの周りはその列が十列にまで膨らんでいた。右側に眼をやるとスコアボードがあった。その一番うえには、〝一九六〇年全米オープン〟と書かれていた。

　なんてこった……

　考えがまとまらなかった。さらなる拍手に鼓膜が脈打ち、口笛の音が続き、何人かが「来たぞ！　イエーイ！」と叫んでいた。

　まばたきをして、フェアウェイをグリーンに向かって歩いてくる人物に気づき、思わずニヤッとした。彼は半袖の襟付きシャツにテーラードパンツを着て、前傾姿勢で歩いていた。男の腕には引き締まった逞しい筋肉が見え、口の端から煙草がぶら下がっていた。グリーンに着く数歩手前で、男は腰に手をやり、スラックスの後ろをぐいっと引き上げた。

「すごい」と僕は言った。自分自身の声に畏敬の念が聞いて取れた。「アーノルド・パーマーだ」

「あい」とジョニーは言った。

〝アーニーズ・アーミー〟——パーマーのゴルフコースでの一挙手一投足を追う熱狂的なファンにつけられた名前——のなかから見る光景は息を飲むようだった。「何日目？」僕はジョニーを見て言った。

「第三ラウンドの終わりです」

僕は顎を撫でながら考えた。これが一九六〇年の全米オープンだとするならば、ここはデンバー近郊のチェリーヒルズ・カントリークラブだ。

「パーマーはこのトーナメントで勝った」と僕はつぶやいた。

だが、ジョニーは何も言わなかった。僕たちはパーマーと彼のプレイング・パートナーがグリーン上でパットを終え、ギャラリーをかき分けて、スコアラーのテントらしき場所に向かうのを見ていた。彼はラウンドを終え、僕たちの周りの人々も話を始めた。会話に耳を澄ました。

「七打差だ」

「いくらパーマーでも追いつけない」

「おれはホーガンに賭けるね。ここ数年、勝利からは遠ざかっているが、ここは是が非でも勝ちたいはずだ」

「オハイオから来た、やたらと飛ばす太った小僧はどうだ？」

僕は肘でジョニーを突くとウインクをして言った。「彼らの話してる太った小僧というのはジャック・ニクラウスのことだ」

ジョニーは、僕がガスを吐いてそれを一生懸命吸い込まないようにしているとでも言うかのように、上目遣いで僕を見た。「あい、知ってますよ、ランディ」

「そうか」と僕は両手をこすりながら言った。「で……どうするんだ？　ここで何を見ることになるんだ？」

ジョニーはほほ笑んで、歪んだ歯並びをむき出しにして言った。「一杯どうです？」と彼は訊いた。

「なんだって？」

「飲み物です。スコッチかなんかどうですか？　お好きなものをなんでも」

僕はトーナメントコースを見回し、アルコールを提供するテントを探した。「いいね。でもどこにも……」

「ここじゃないですよ。やだな。あそこです」彼はチューダー様式のクラブハウス――どことなくイーストレイクと似ていた――を指さした。

僕は彼に向かってほほ笑んだ。「本当に？」

「あい。伝説が作られるところを見たくないですか？」

チェリーヒルズのバーラウンジは香りのるつぼだった。ハンバーガーやホットドッグの肉や脂、ビールの香りが、空気中を漂う煙草や葉巻の香りと混じり合っていた。ジョニーと僕はいくつかのテーブルを通り過ぎてバーに向かった。そこで彼は〈デュワーズ〉と水を注文し、僕も同じものを頼んだ。「彼に僕らは見えるのか？」僕はバーテンダーを見つめながら訊いた。

「あい」とジョニーは言い、飲み物を取った。「でも、ウイスキーを注ぐあいだだけ。今はもう見えなくなっています」

「どうやって？」と僕は訊き、バーテンダーに向かって手を振った。確かに彼は僕がもういないかのように振る舞っていた。

「わかってください、ランディ。わたしがここのルールを作っているんじゃないんです。ルールに従って動いているだけです」

それはあまり筋が通っているとは言えなかったが、周りの状況に気を取られていたので、どうでもよかった。ラウンジのすみでアーノルド・パーマーがひとりで座っていた。「僕らは彼と……？」

「来てください」とジョニーが言い、ついてくるように身振りで示した。「これを見たかったんでしょ」

僕らはパーマーに近づき、隣のテーブルに坐った。パーマーはもの思いにふけっているようだった。おそらく今日のラウンドを頭のなかで再現しているのだろう。こんなふうに〝キング″の姿を見るのは奇妙な感覚だった。僕は一度だけ彼を直接見たことがあったが、それは彼がオーガスタでファンにサインをしていたときのことで、そのときはずっとおしゃべりでフレンドリーだった。ここにいる彼は自分自身にこもって集中しているようだった。若いウエイトレスが料理のプレートと飲み物を持ってやって来た。「チーズバーガーにフライドポテト、それにレモネードと紅茶を半分ずつよ、ミスター・パーマー」

「ありがとう、マァム」とパーマーは言い、彼女が料理をテーブルに置くとウインクをした。去って行くとき、ウエイトレスの顔はピンクに染まり、小さな笑みが浮かんでいた。

「すごい」と僕は囁いた。やがて彼の名前を冠することになるドリンク（アイスティーとレモネードを組み合わせた飲み物を″アーノルド・パーマー″と呼ぶ）を飲んでいるのと、ウインクひとつで見知らぬ女性を赤面させたのと、どっちがよりかっこいいと思ったのか自分でもわからなかった。

「あい」とジョニーが囁き返してきた。「すごいですね」

パーマーはチーズバーガーを数口食べると、隣のテーブルの男たちのなかのひとりに声をかけた。「やあ、ボブ、午後六十五で回ったらどうなると思う?」

ボブはほほ笑むと葉巻の煙を宙に吐き出して言った。「どうにもならんよ」

僕はパーマーに眼を戻した。彼の顔は曇っていた。「君は、ダン?」とパーマーは訊き、そのテーブルのもうひとりの男に眼を向けた。その顔には見覚えがあった。ダン・ジェンキンスだ。僕はそう思い、指をパチンと鳴らしてジョニーを見た。彼が頷いた。ダンは茶色い髪をして、眼を輝かせていた。僕が〈スポーツ・イラストレイテッド〉を読む愉しみのひとつが彼の記事を読むことだった。「君は七打差をつけられている、アーニー……」彼は口ごもると、フライドポテトを一口食べた。

「君ら、どうかしてるぞ」とパーマーは言い、無理に笑った。が、その声にはどこか挑戦するような響きがあった。「いつもこの大会は四日間で二百八十なら優勝できる。そのためには六十五で回ればいい。違うかボブ?」

ボブは皿をどけると、身を乗り出して両肘を机についた。「六十五で回ろうが、たいして違いはないさ。チャンスはない。離され過ぎてるよ」彼は煙の輪をパーマーに向かって吐き出すとクスクスと笑った。

僕が彼に眼を向ける前に、パーマーは椅子を蹴って立ち上がっていた。「クソくらえだ」と彼は言い放った。食べかけのハンバーガーを皿に戻すと、それ以上は何も言わずに僕らのテーブルをかすめるようにして去っていった。

「さあ、行きましょう」とジョニーが言った。僕たちは急いで席を立ち、パーマーを追ってラウンジを出た。彼は廊下を進み、〝男性用ロッカールーム〟と書かれたドアに入っていった。僕たちもあとに続いてなかに入ったが、パーマーがロッカーのそばに坐り、ゴルフシューズの紐を締め直しているのを見て立ち止まった。紐がしっかりと結ばれていることを確かめると、彼は立ち上がって、大股でトイレに向かった。ジョニーと僕もあとに続いた。彼は水で顔を洗うとタオルで拭いた。そしてしばらくのあいだ、鏡のなかの自分を見つめていた。そのまなざしにあるのはなんだろうか? 決意? 意気込み?

僕は首を振った。いや、その推測はあまりにも安易で間違っていた。僕が本当に見たのは……怒りだった。

彼が自分自身に怒っているのか、ラウンジにいるスポーツライターに怒っているのかはわからなかったが、アーノルド・パーマーの顔は真っ赤で、鏡に映った彼の眼は少し充血しているようだった。父はこれを〝ブルドッグ・レッド〟と呼んでいた。人が怒り心頭に発したときの眼の色だ。パーマーは両手で荒々しく顔をこすると、急に振り向いた。彼が勢いよく向かってきたので、間一髪でよけそこなってしまった。彼が文字どおり大股で僕を通り過ぎたとき、彼の眼の白さを目の当たりにし、彼の心臓の鼓動を聞いた。その感覚に思わずよろめき、ジョニーに腕をつかまれた。僕はスコットランド人をちらっと見た。「彼は本当に怒っている」なんとかそう言った。

「あい」とジョニーは言った。「見に行きましょう」

「見る？　どういう意味だ？　ラウンドは終わったんだぞ」

ジョニーは鼻を鳴らした。「今は一九六〇年ですよ、旦那。第三ラウンドと第四ラウンドはどちらも土曜日に行われるんです。あそこにいる、われらがパーマーは第四ラウンドに向かおうとしてるんです」

自分がこれから目撃しようとしているものを理解したとき、緊張で胸がドキドキした。

「今？」

ジョニーは大きな笑みを浮かべた。「あい。数分後にスタートします。彼が打つところを見たいですか？」

　僕は眼を大きく見開いた。何について言ってるのかはっきりと理解した。僕はニヤリと笑うと言った。「あい」

二十八

チェリーヒルズ・カントリークラブの一番ホールは、三百四十六ヤード、打ち下ろしのパー4だった。傾斜があり、コロラドの高い標高もあって、ティーショットで直接グリーンを狙いたくなるホールだった。うまくいけば、イーグルパットでその日のスタートを切ることができる。一気に二打、差を縮めることができ、ツーパットだったとしても簡単にバーディーが取れ、勢いに乗ることができる。

だがそれは、父だったなら、愚か者のプレイと呼ぶようなショットだ。フェアウェイは狭く、両サイドには木が並び、右のサイドには池があった。ショットをミスすれば、いたるところにトラブルが待っていた。イーグルやツーパットのバーディーを狙っていけば、一回のミスでボギーやさらに悪い結果になる可能性があった。その難しさを知るのに過去の教訓から学ぶまでもなかった。ジョニーと僕はティーグラウンドの真後ろに陣取り、すぐにそのホールの難しさを理解した。

「愚か者のプレイだ」と僕はつぶやいた。

「あるいはチャンピオンの」とジョニーは言い返した。スコットランド人の感情が昂り、さらに彼のアクセントもあって、最後のことばは「チャンピーンの」と聞こえた。

「これまでの三ラウンド、彼はこのホールどうだった?」

ジョニーは肩をすくめた。「毎回、グリーンを狙いました。第一ラウンドではドライバーを右に外し、クリークに入れてダブルボギー。二日目はグリーンを外したもののなんとかパーをキープした」ジョニーは顎を掻いた。「第三ラウンドではまたグリーンを外し、結局スリーパットのボギーでした」

僕は首を振った。「じゃあ、ティーショットでドライバーを使った結果、三ホールで3オーバーというわけか。そりゃひどいな」

「ミスター・クラーク」とジョニーは言った。「たぶん重要なのはどんなショットを打つかじゃありません。できると信じるかどうかです」

そのことばに腹にパンチを食らったように感じ、芝生のうえで足の位置を直した。ジョニーをちらっと見ると、彼もまっすぐ見返してきた。緑の瞳は険しかった。「そう考えたことはありますか？」

僕は何も言わず、ティーグラウンドに注意を戻し、ジョニーの鋭い質問を無視しようとした。ざわめきが起き、僕らの右の観客が道を空けるように言われた。一時三十分スタートの組がやって来た。

アーノルド・パーマーがギャラリー――アーニーズ・アーミー――のあいだを縫って、ティーグラウンドに向かっていた。ドライビングレンジでの短い練習で、彼の怒りが鎮まったようには見えなかった。午後の最初のショットを打つために、小高い丘に足を踏み入れたとき、彼の緊張した表情には興奮の色が隠せなかった。パーマーはバッグからドライバーを取り出すと、ヘッドカバーをキャディーに投げた。そして自分の名前が観衆にアナウンスされているあいだ、地面をにらみつけていた。「ペンシルベニア州ラトローブ出身、アーノルド・パーマー」僕がオーガスタの練習ラウンドで、老いた伝説のゴルファーとして彼を見たときとは違って、今の彼の表情は真剣そのものだった。彼は、パートナーが三番ウッド《スプーン》と思われるクラブでグリーンのかなり手前、フェアウェイの左サイドにショットを放つのをほとんど見ていなかった。

自分の番が来ると、パーマーはティーグラウンドのやや左側にティーアップした。数秒間、ボールの後ろに立ち、右手だけでドライバーを軽く数回振った。そして、ためらうことなくボールに近づき、スタンスを取った。一度だけ目標に向かって顔を向けると、ボールに眼を戻し、スイングに入った。

僕は全盛期のアーノルド・パーマーのゴルフスイングを、白黒のビデオで何千回と見てきたし、歳を取ってからの彼のショットを生で見たこともあった。彼のスイングを美しいと呼ぶのは違う気がした。素早くクラブを上げ、ボールの後ろで体を思いきりねじり、クラブのシャフトが地面と平行になるポイントを越えるまでクラブヘッドを下げる。そして左サイドに大きく体重移動し、まるで剣を振り回すかのように、そして文字どおりティーのうえにある白い対象物を殺そうとするかのようにボールを打った。彼のフォロースルーはさらに荒々しく、クラブヘッドが顔の前に来る位置まで振り切り、その左から首をかしげるようにして前を覗いた。その動きは、まるでボールを自分の望む場所に向かわせようと命じているようにも見えた。

美しいか？　いや。それでは表現が弱すぎる。その男のスイングは堂々として力強かった。

パーマーのパーシモンのクラブヘッドがボールに触れる瞬間の音は、十二番径の散弾銃を撃つときのそれに似ていた。

そのショットを目の当たりにし、その音を聞いたとき、自分の息を飲む音が聞こえた。そしてボールが一直線に三百四十六ヤード先のフラッグに向かって飛んでいくのを見た。ボールがグリーンに届きそうだとわかったとき、周りの人々のざわめきは叫び声となり、やがて絶叫へと変わった。

「やったぞ！」僕の隣の男が叫んだ。ちらっと見ると、男は双眼鏡を眼にしっかりとあてていた。「グリーンの手前に乗った」

そのニュースが全員に理解され始めると、男の声はギャラリーの歓声にかき消された。グリーンサイドのファンによる歓声がティーグラウンドまで届くと、僕の周りのアーミーたちの興奮と喜びの雄叫《おたけ》びは、これまでに僕が聞いたことのないほど強く、そして大きくなっていた。アーノルド・パーマーは一九六〇年の全米オープン最終ラウンド、パー4の一番ホールでティーショットをグリーンに乗せ、見事なスタートを切った。悲鳴と拍手のなか、あらゆる方向から男や女、子どもの叫ぶ声が聞こえてくるようだった。

「信じられない！」

「すごい！」

「やった！」

「愛してるわ、アーノルド！」

「いいぞ！」

パーマーは地面からティーを拾い上げると、フェアウェイを歩き始めた。数歩歩くと、彼はスラックスの後ろをぐいっと引っ張った。ほほ笑まずにはいられなかった。自分の口が大きく開いていることに気づいていた。ゴルフ史上最高のショットのひとつを見たのだ。アーノルド・パーマーの伝説を語るうえで、チェリーヒルズでの全米オープン最終ラウンド、一番ホールでグリーンを捉えたドライバーショットを欠かすことはできなかった。

そして僕はそれを目撃していた。

一歩後ろに下がった僕は、今も両腕で胸をきつく抱きしめていることに気づいた。深呼吸をした。「彼はこのホール、バーディーを取った。そうだったよな？」僕はジョニーにというよりも、自分自身に向かってそう言っていた。「彼は最初の七ホールで六つのバーディーを奪った。違うか？」その内容を思い出すと、ひとりで頷いた。「六十五で回った。トータル二百八十でフィニッシュして優勝した」

ジョニーからの反応はなかった。僕は次にはバーラウンジへ戻ることを期待して、彼を探して振り向いた。だが、彼はいなかった。ティーグラウンドに眼を戻すと、それも消えていた。人々も。

すべて消えていた。

二十九

何も見えなかった。ただまったくの虚空。

地面もなく、人もいない。植物もない。完全に何もない。

何が起きている?

僕は優に三秒間、眼を閉じた。眼を開けたとき、頭が回転を始め、何かを求めて後方に手を伸ばした。落ちないようにするためのものならなんでもよかった。右手が何か柔らかい革のようなものを握っていた。その素材に眼をやり、バランスを取り戻して集中しようとした。

それはシートだった。黒い革のシート。隣にもうひとつ席があり、小さな窓があった。体を乗り出して、プレキシガラスの外を見た。息が喉に詰まった。

青い空。いくつかの雲。何千フィートも下には農地の輪郭が見える。僕は飛行機のなかにいた。周りを見回すと、数秒前には何もなかったのに、いつのまにかプライベートジェットの内部に変わっていた。飛行機の前部に眼をやると、コックピットへと続く狭い入口が見えた。ためらいがちに前に進むと、操縦桿《そうじゅうかん》を握る手が見えた。ドキドキしながら進んだ。コックピットの入口に着くと、ピンクのゴルフシャツに灰色のスラックスを着た、銀髪の男が操縦席にいた。彼は僕のほうを見ていなかったが、その必要はなかった。

それは僕がよく知っているアーノルド・パーマーだった。

「わたしのジェットはいかがかな?」と彼は訊いた。レンタカーの〈ハーツ〉や石油会社の〈ペンズオイル〉のコマーシャルで数えきれないほど聞いた、人当たりのよい中西部なまりの鼻にかかった声だった。

「最高です」僕はなんとか言った。「とても素晴らしいです」

「坐ってくれ、ランディ」と彼は言い、空いている副操縦士席を手で示した。

一瞬ためらったが、コックピットのもうひとつの席に坐った。

「わたしがパイロットだと知ってたかね?」

僕は頷き、なんとか声を出そうとして咳払いをした。「六〇年代に、ツアー中、ライダーカップに出場する欧州チームを自分のジェットで運んだという逸話を聞いたことがあります」

パーマーは笑った。「あれは愉しかった。欧州チームはいいやつばかりだった」

「その時点でライダーカップは終わっていたという者もいました」と僕は言った。自分の緊張をほぐそうとしたが、うまくいかなかった。僕はアーノルド・パーマーのジェットのコックピットに坐り、〝キング〟その人と話をしていた。「……みんなあなたに畏敬の念を抱いてしまったから」

パーマーは首を振ったが、笑みは浮かべたままだった。「スポーツ記者のたわ言だ。我々が彼らよりいいプレイをしたというだけだ。記者連中はいつもドラマチックな側面に注目したがるが、肝心なことはいつももっと単純だ」

僕は彼に向かって首をかしげた。「あなたはアーノルド・パーマーです。何度もメジャー・

チャンピオンシップで優勝した。スポンサー契約を結んでコマーシャルにも出た。ジェット機も飛ばした」僕は鼻を鳴らした。「彼らがあなたに畏敬の念を抱いていたとは思いませんか？」

彼は肩をすくめた。「そうかもしれないし、そうじゃないかもしれない」彼は僕の腕に触れ、僕の眼の前にある操縦桿を指さした。「取ってみろ」

「なんですって？」

「副操縦士の操縦桿に手を置いて」

「どうして？　ぼ……僕は飛行機の操縦は知りません」

「いいからやってみるんだ」

僕は体を乗り出して、操縦桿に手を置いた。パーマーをちらっと見た。彼は眼の前の操縦桿から両手を離していた。

彼は僕にウインクをした。「操縦桿を少し右に回して、このガラスの向こうで何が起きるか見るんだ」彼はフロントガラスを指さした。

僕は言われたとおりにし、飛行機の機首がわずかに右に向くのを感じた。左に坐るレジェンドを見て、ほほ笑まずにはいられなかった。「僕が飛ばしている」

彼は僕の肩を軽く叩いた。「君が飛ばしているんだ。さあ、彼女をまっすぐにしてあげて」

僕は深く息を吸うとゆっくりと吐き出した。それから操縦桿を左に戻した。

それからの十分間、史上最高のゴルファーのひとりであり、スポーツ界の象徴的存在《アイコン》であるアーノルド・パーマーが、飛行機の操縦方法を僕に教えてくれた。彼は制御盤とそれぞれのボタンの働きを説明してくれた。座標の理解の仕方をレクチャーしてくれ、操縦桿をどう扱えば、思ったとおりに操縦できるのかを実演して見せた。説明が終わると、僕は眼を細めて彼を見た。

「いったいどうやってこういったことを教わる時間を見つけたんですか?」

「自分にとって意味があると思ったから時間を作った」

「なぜ?」と僕は訊いた。声に信じられないという思いがこもっているのが自分でもわかった。

「どうして飛行機を飛ばす必要があるんですか?」

「飛行機が怖かったんだよ、ランディ。ゾッとするほど。墜落して死ぬのが怖かったし、高いところも好きじゃなかった。その恐怖に打ち勝つために飛び方を学んだ」彼はそう言った。

「それは今までで最高の経験だった」

「ちょっと待ってください。あなたは全米オープンの一番ホールでティーショットをグリーンに乗せ、六十五で回って優勝してるんですよ。大統領や王族ともゴルフをプレイした。あなたはゴルフ界のキングだった。どうして飛び方を教わることが最高の経験なんですか?」

彼はほほ笑みながらフロントガラスの外を見た。「できるかどうか自信がなかった。怖かった。だが、恐怖心を押しのけ、自分を信じ、フライトインストラクターとともに訓練を重ねた……」彼は指をパチンと鳴らした。「……そしてやった」彼は僕を見た。「乗り越えられないように思える困難に打ち勝つことほど、素晴らしい感覚はない」

僕は、パーマーがあの有名なドライバーショットを打つのを見る前に、チェリーヒルズのティーグラウンドで感じた、腹を殴られるような感覚を思い出した。ジョニーのことばが蘇ってきた。たぶん重要なのはどんなショットを打つかじゃありません。できると信じるかどうかです。

「あなたはできると信じた」と僕はやっと言った。「一九六〇年にチェリーヒルズの一番ホールでティーショットを打ったときのように。あなたはドライバーでグリーンを捉えることができると信じ、そしてやってのけた」ことばを切ると、彼を見た。「あなたは飛行機を操縦して恐怖に打ち勝つことができると信じ、やってのけた」

パーマーは頷いた。まだフロントガラスの外を見つめていた。「そのとおりだ」と彼は言った。「だがそれだけじゃない。信じることは大切だが、それは方程式の一部でしかない。一生懸命訓練を受け、練習しなければならない」彼はやっと僕に顔を向けた。「そして最も重要なことをしなければならない」彼はことばを切った。「一番難しいことだ」

彼の視線の激しさに腕に鳥肌が立つのを感じた。「それはなんですか?」

「一歩を踏み出すことだ」

僕は眉を上げた。が、アーノルド・パーマーは、まるでバーディーパットの行方を見極めようとしているかのように、僕に視線を向けたままだった。「恐怖心を捨て、望むものを追い求めるガッツを持たなければならない。それがチェリーヒルズの一番ホールであれ、飛行機の操縦を習うのであれ、最終的にはティーアップをし、飛行機を離陸させなければならないんだ」

「失敗したら?」と僕は訊いた。自分の声に臆病な気持ちを聞いて取った。「失敗してすべてを失ったらどうするんですか?」そう言うと唇を舐めた。サンドペーパーみたいにザラザラだった。「ドライバーを引っかけて林のなかに打ち込み、ダブルボギーにしてしまったら?」彼はまた僕の肩を叩いた。今度はもっと強く。痛みが少し残った。「でもやらなかったらどうなる、ランディ? 勝てるだろうか?」彼はそう言うと、飛行機の外に視線を戻した。「持てるものすべてを使って目標を追い求めると心に決めない限り、恐怖に打ち勝ち、勝利を手にすることはできない。それは多少のリスクを取ることを意味する。だがそれは必要なことなんだ。リスクのない人生は本当の人生じゃない」彼は一瞬、間《ま》を置いた。「自分の人生を生きたらどうだ?」

鼓動が激しくなり、手が汗でベトベトになった。飛行機がさらに速くなったように感じた。「負けたら?」

「負けるかもしれない」とパーマーは言った。「ボロ負けするかもしれない。わたしもそうだった。だが、疑いと恐怖の鎖を断ち切って……一歩を踏み出さなければ、決して勝利することはできないんだ」

なんと言ったらいいかわからなかった。体が副操縦士席の椅子に沈んでいくように感じた。「もうひとつ言わせてくれ、ランディ」パーマーの声はさっきより小さくなった。「失うものが多ければ多いほど、人は激しく打ちのめされる」彼はひとり頷くと続けた。「その喪失感は、勝利をより甘いものにする」彼はそこでことばを切った。その口調はさらに優しくなり、囁くようだった。「だが君には決してわからないだろう。地面から立ち上がって、自分の望むものを追い求めない限り」

三十

アーノルド・パーマーの飛行機の副操縦士席にどれくらい坐っていたのかわからなかった。地上から数千フィートの雲のうえは静かで平和だった。ジェット機のフロントガラスの外を眺めていると、自分の人生が眼の前でフラッシュし始めた。リトルリーグの野球の試合で三振を奪って勝利したときのこと。チームのコーチだった父は試合のあと、〈テリーズ・ピザ〉に連れて行ってくれて、ウイニングボールを僕に渡した。子ども時代で一番幸せな瞬間だった。高校に進み、体育館脇の廊下でメアリー・アリスに初めて会ったときのこと。秋のフットボールの練習の初日で、チアリーダーたちも練習をしていた。メアリー・アリスは噴水式の水道から水を飲んでいて、水滴が顎を滴り落ちていた。彼女は振り向いて僕を見たが、自分の顎と首を流れ落ちる水滴には気づいていなかった。僕は気づいていた。どんなに小さなことも見逃さなかった。彼女のブロンドの髪、チアリーダーのスカートから伸びた長い脚、そして通り過ぎたときに僕にくれた最高の笑顔。

結婚式の日にも同じ笑顔を見た。ウエディング・ドレスを着たメアリー・アリスは、二十二歳だった。牧師が合図をすると彼女にキスをした。

この記憶が消えると、今度は別のあまりうれしくない記憶が蘇ってきた。僕はショートパンツのポケットに手を突っ込んで、スコアボードを見つめていた。肩に手が置かれるのを感じ、耳元で声がした。「次があるさ、ランディ。たった1ストロークじゃないか」

その声の主はわかっていた。アラバマ大のチームメイト、オーブリー・ウィッケンデンだ。僕はチームのナンバー1で、〝オーブズ〟――僕らは彼のことをそう呼んでいた――はナンバー2だった。オーブズは予選会でツアーの参加資格を獲得したが、僕は不合格だった。最終ラウンドに入る前までは僕のほうがスコアはよかったのに、彼が六十八で上がったのに対し、僕は七十四も叩いてしまった。

スコアボードが消え、僕は両親の小さな家のキッチンに坐って両肘をついていた。グラハムの葬儀のあとに、娘のデイヴィスがエッグ・カスタードパイを食べていたのと同じテーブルだった。

それはグラハムの死の十数年前のことだった。父がなぜ僕がロースクールに行くべきなのか、なぜPGAツアーの夢をあきらめるべきなのかを説明していた。「ランディ、お前には素晴らしい女性がいる。彼女はお前が学校に行くのを支えるために働きに出ると言ってくれている。誰もがそんなに献身的なわけじゃない。彼女は妊娠している。責任を放り出し、次の年の予選会で合格することを夢見て、あと一年ミニツアーでプレイすることはできないんだ。これからの三年間は、わたしも母さんもお前たちの力になる。お前も学びながら、自分でも働いて生活費を稼ぐことができる。卒業したら、お前はわたしにないものを手にすることになる。学位を取得して専門的な職業に就くことができるんだ」父は自分の分厚い手を見て言った。「これを見るんだ、ランディ」僕が眼を向けないでいると、父は僕の両手を取って自分の両手で包み、無理やり僕の眼を見た。激しいまなざしだった。「ランディ、わたしにはこの手を使う能力しかない。わたしは煉瓦職人だ。そしてやがてその能力も衰えていく」僕はそんなことはないと言った。父はそれ以上の存在だと言った。父は自分の会社を持っていたし、父の下で働き、父を尊敬する部下もいると言った。

だが、父はただ静かに笑い、首を振った。「彼らは、わたしが一日でも仕事を休んだり、みんなよりも頑張らなかったりすれば、すぐに辞めていってしまう。ロースクールの学位があれば一生仕事がある。わたしがずっと夢見てきた安心を得ることができるんだ」

僕はこぶしをテーブルに叩きつけて立ち上がると、父に背を向けた。もう聞きたくなかった。

「父さん、僕は一打差でツアーを逃したんだ」

「ランディ、お前には妊娠中の妻がいる。もう虹を追うのはやめるんだ」父はそこでことばを切ると、僕が永遠に忘れられないことばを言った。「すべての男は、人生のどこかで自分がジョー・ネイマスにはなれないと気づくときがある」

映像が薄れていき、タスカルーサのコールマン・コロシアムに変わった。ロースクールの卒業式だ。体育館のフロアで誇らしげに僕の手を握る父、キスをし、僕のほほをつねっている母、二歳のデイヴィスを抱いたメアリー・アリス。そのとき僕は幸せだったのだろうか？　誇りに思っていたのだろうか？　ロースクールでの三年間は、どこかぼんやりとしていて、バーミングハムとハンツビルでの夏のインターンシップと、デイヴィスの成長の節目の出来事との合い間に試験を受けていた記憶しかなかった。僕はなんとかやり遂げて学位を取得した。数カ月後、司法試験に合格し、州都モンゴメリーのアラバマ州法曹協会前の階段で、ほかの新米弁護士と一緒に写真を撮った。

そして映像はまるで早送りのようにスピードが上がっていた。おかしなもので、子どもの頃と大人になって間もない頃の記憶は時間のなかで凍りついていて、細かい部分まで覚えていたが、若手弁護士の頃や、父親になった頃の数年間の記憶はあいまいだった。決して忘れられないのは子どもたちの写真だけだった。

タスカルーサのアパートメントでのデイヴィスの最初の一歩。両手を広げたまま、じゅうたんのうえをよろめきながら横切り、僕に手を伸ばして腕のなかに倒れ込んだ。

ローカストの新しい家での最初のクリスマス。デイヴィスはサンタクロースを待って一晩中起きていようとしたが、結局ツリーの下で寝てしまった。翌日、目を覚まし、暖炉に立てかけてあったプレゼントを見つけた。彼女の最初のゴルフクラブ。彼女に合うようにシャフトを切ったレディース用のセットだ。その朝、目を覚ました彼女が肺から発した叫び声は、隣人をも起こしたに違いない。

ハンツビル病院でのグラハムの誕生。初めて息子を抱きしめ、手と足の指を数えながら、妻が顔に触れるまで自分の眼に涙が浮かんでいることに気づかなかった。メアリー・アリスに眼をやると、八時間の陣痛にもかかわらず、その顔は輝きを放っていた。そして数分後、胸に〝ビッグ・シスター《Big Sister》〟と刺繍されたピンクのスウェットシャツを着たデイヴィスを彼女の弟に紹介した。

そしてデイヴィスの初めてのトーナメント。トゥイッケナムでの親子ペア大会。僕らは二位でフィニッシュした。小さなトロフィーを持つデイヴィスと彼女に腕を回した僕の写真は、額に入れて居間の目立つ場所に飾られてある。デイヴィスは十歳で、豊かな茶色の髪は白いバイザーの下でくしゃくしゃになっていた。そのあと、〈ブーツ・ステーキハウス〉で開いた家族でのお祝いディナーのことを今でも覚えている。僕は娘とプライムリブステーキをシェアした。彼女は僕のアラバマ大ゴルフチームでのことやミニツアー時代のこと、ジャック・ニクラウスとトム・ワトソンのどちらがうまいと思うかといった質問を僕に浴びせた。メアリー・アリスはほとんど会話に加わらなかったが、その顔は誇りに輝いていた。デザートにはブラックベリーパイを注文した。当時三歳だったグラハムは、ハイチェアから抜け出してTシャツとズボンをアイスまみれにした。

そして暗い映像に変わった。小児科での血液検査で、グラハムの白血球の数が異常に高いことがわかったのだ。放射線治療と化学療法による痛みと吐き気のせいで、息子が悲鳴を上げ、嘔吐したひどい夜。最後に訪れた、息子の死という最悪の結末。

そしてその後の虚無感。彼のためなら喜んで死ねると思っていた。そんな息子を失ったことで虚ろなほどの脱力感を覚えていた。死んだのが自分で、僕の素晴らしい息子でなければと何度思ったことだろう。

涙がほほを伝い、僕はそれを拭った。

眼の前の空は、今は暗くなっていた。左を見ると、アーノルド・パーマーはもういなかった。

僕はあのときと同じ虚無感を味わっていた。

深く息を吸うと、前のときのことを思い出して、眼を閉じてゆっくりと五つ数えた。そうしながら、パーマーが最後に言ったことばを思い出していた。失うものが多ければ多いほど、人は激しく打ちのめされる。……その喪失感は、勝利をより甘いものにする。……だが君には決してわからないだろう。地面から立ち上がって、自分の望むものを追い求めない限り。

「僕は何を望んでいるんだろう?」不安とアドレナリンが混じったような感覚を覚えながらそうつぶやくと、ゆっくりと眼を開けた。過去十年間、一番よく知っている光景を眼にし、思わずほほ笑んだ。

僕は机の向こうにあるオーガスタの十三番ホールの絵を見ていた。

「僕は何を望んでいるのだろう?」声に出して繰り返した。ボビー・ジョーンズやベン・ホーガン、アーノルド・パーマー、あるいはジョニーが、その絵のなかから僕に答えを返してくれることを期待して。

だが、オフィスは静まり返ったままだった。

立ち上がると、机を回って絵の前まで歩いた。そこに描かれたバンカーの縁とその後ろにあるツツジを指でなぞった。「僕は何を望んでいるんだ?」三度目の質問を口にした。

はっきりとはわからなかったが、別の質問に対する答えはわかったような気がした。自分が何を望んでいないのか。

飛び降りたくない。

そう考えたあと、僕は声に出して言った。「飛び降りたくない」
ためらいがちに絵から一歩下がると、机の縁に腰を下ろした。手に何かガサガサした感触があり、眼をやるとエリー・ティンバーレイクとの翌週のランチの申し出について書かれた、くしゃくしゃのメモが眼に入った。慎重に紙を伸ばすと電話の横に置いた。深く息を吐くと、もう一度部屋の向こうの絵を見た。

「次はなんだい、ダーブ？」ボビー・ジョーンズはセルフ・コントロールを説き、ベン・ホーガンは回復力《レジリエンス》を説いた。アーノルド・パーマーは自身のことばと行動で自分を信じて、望むものを追い求めることの重要性を示した。

だが亡き友によれば、もうひとつ残っている。四つのラウンド……四人のヒーロー……
ひょっとしてニクラウス？　僕はそう思いながら、ブリーフケースを手にしてオフィスをあとにした。もしそうだとしたら、ゴールデン・ベア（ニクラウスの愛称）は、ほかの三人のレジェンドの教えてくれなかった何を僕に教えてくれるのだろう？

外に出ると、顔に太陽の光を感じてほほ笑んだ。ワクワクしていた。いつだったか思い出せないほど久しぶりのことだった。

最終ラウンド

三十一

その夜、僕たちは家族で〈テリーズ・ピザ〉に行くことにした。メアリー・アリスの体調がよくなって、何か脂っこいものが食べたいと言ったのだ。みんなで大きなペパロニを分け、メアリー・アリスと僕は〈ミラー・ライト〉、デイヴィスは〈ドクターペッパー〉でピザを流し込んだ。最初の一口を食べると、僕はテーブルの向かいの娘の顔を覗き込んだ。「今日のトーナメントはどうだった、チャンプ?」デイヴィスはレストランへ来る途中、ひとことも話さなかったので、彼女が自分のプレイに落ち込んでいると思っていた。

「ひどかった」と彼女は言うと、口をもぐもぐさせながら首を振った。「八十九も叩いちゃった。パットも三十七。グリーンじゃ何もできなかったし、二番ホールでは九も叩いた」

僕は渋い顔をした。「二番ホールは確か右ドッグレッグのパー5だ。最初は上り坂でグリーンに向かって下ってるんだったよね?」そう言うと、彼女は頷いた。「ティーショットが難しい。左に沿って進んで、右に行くのを避けなきゃならない」

デイヴィスは鼻で笑った。「どこに打ったと思う?」

僕はビールを一口飲むと、彼女の両手を握って言った。「すまなかった。いつものように、一緒にラウンドを予習しておくべきだった。二度と忘れないよ、いいね?」

「わかった」と彼女は言った。用心するように僕を見た。「でも二番ホールの九はパパのせいじゃないよ。ティーショットを左に打とうとして、シャンク（クラブヘッドの付け根で球を打つミスショット）しちゃったんだ」彼女は手を右から左に素早く動かす仕草をしてため息をついた。「力を出せなかった」そう言うとなんとか笑った。

　僕は彼女の肩に手をやると一緒に笑った。会話はメアリー・アリスの母親、ビービーの料理に関するジョークや、マスターズに関する議論に移っていった。ニクラウスは三日目を六十九で回り、トップから四打差につけていた。

　6アンダーでトップに立ったのは、オーストラリアのグレッグ・ノーマンだった。アメリカン・フットボールのラインバッカーのような体格と、流れるような白っぽいブロンドで、〝グレート・ホワイト・シャーク〟のニックネームで呼ばれていた。ノーマンは、コース上での堂々とした振る舞いとそのアグレッシブなプレイスタイルから、ツアーでも人気の高いゴルファーのひとりだった。ノーマンから一打差の5アンダーで、いずれも優勝経験のある、スペインのセベ・バレステロスと西ドイツのベルンハルト・ランガーが続いていた。南アフリカ出身のニック・プライスはこの日、コースレコードに並ぶ六十三で回って、同じく5アンダーとなっていた。そのあとには日本の中島常幸、アメリカの強豪トム・ワトソンとトム・カイトが二打差で続いていた。

　ニクラウスは2アンダーで、上位との差はわずかだったものの、彼が追い上げて、ノーマンやバレステロス、ランガーを破るところは想像できなかった。

「少なくともチャンスはある」とデイヴィスはソーダを飲み干しながら言った。「きっとチャージをかけるわ」

僕は首を振ると妻にウインクした。妻が返してきた笑顔は、ふたりの結婚式のときや、高校時代に水道の脇で見たときのようには輝いていなかったが、それでもまだ生き生きとしていた。家族でピザを食べに来るのはいつ以来のことだろう？

僕は妻に今日のことを訊かなかった。墓地に行ったことを思い出させたくなかったのだ。彼女のほうも、僕が今日一日何をしていたのか訊かなかった。

オフィスであったことをどう説明すればいいのだろうかと思って苦笑していると、妻の手が僕の手のうえに置かれた。市松模様のテーブルクロスに覆われたテーブル越しに眼をやると、妻は眉をひそめていた。「何がおかしいの？」

僕は首を振った。「何も」

「言って」と彼女は促した。

僕はデイヴィスをちらっと見た。彼女も僕を見ていた。「はっきり言って、パパ」

「おばあちゃんのミートローフのことを思い出してたんだ」

「いや違うわ」メアリー・アリスが強い口調で言った。「わかってるのよ、ランディ・クラーク。何かほかのことを考えてたんでしょ」

一瞬、胃が締め付けられるような感じがした。いったいなんて言えばいいのだ？　そこで弁護士としてのスキルを発動させ、なんとかことばで窮地を脱しようとした。「オフィスに行ったら、エリー・ティンバーレイクから電話があったというメモがあったんだ。ランチを一緒にしたいとあったけど、用件は言っていなかった」

「また仕事に誘ってくれるのかしら？」メアリー・アリスが訊いた。淡々とした口調だった。

「わからない。違うんじゃないかな。今度の巡回裁判所判事の選挙に関係あるのかも？ でもわからないよ」

妻は頷き、そして僕を驚かせるようなことを言った。半分まで飲んだビールのジョッキを見つめながら静かな声でこう言ったのだ。「もし彼女がパートナーシップのことを提案してきたら、検討したほうがいいかも」

「前も検討したよ、覚えてるだろ？」

彼女は頷いた。まだグラスのなかの金色の液体をじっと見ていた。「ええ、でも……もしかしたら今度は違う答えになるかもしれない」彼女はグラスから顔を上げると、小さく歯を見せてにっこりと笑った。

「かもしれないね」と僕は言い、彼女に笑みを返した。

三十二

翌朝六時にはすっきりした気分で眼が覚めた。八時間も寝たのは何年ぶりのことだろう。幸いなことにおかしな夢も悪夢も見なかった。

テニスシューズにグレーのスウェットシャツとパンツでランニングに行くことにした。メアリー・アリスとデイヴィスはまだ寝ていた。朝の空気は冷たかったが、太陽が昇り始め、暖かさをもたらしていた。

最初のうちは関節も固かったが、数ブロックも走るうちに次第にほぐれてきた。何カ月も走っていなかったので、肺に入ってくる空気が気持ちよかった。数百メートルほど走ると、心と体にエンドルフィンが放出されるのを感じた。

だが高揚感は長続きしなかった。膝が痛み始め、脇腹が引きつってしまい、速歩きまでペースを落とさなければならなくなった。それでもよかった。目的地には着いたのだから。

メイプルヒル墓地は、カリフォルニア・ドライブとマクラング・アヴェニューが交差するところにある四十万平米の広大な土地だった。門をくぐると、僕は息子の墓標へしっかりとした足取りで向かった。

なぜ今朝、息子に会う必要があると思ったのかは自分でもわからなかった。だが、僕はそうした。クラーク家の区画に着くと、祖父と祖母、ジャック伯父《おじ》さんの墓碑の前を通り、カエデの木陰にあるふたつの墓標が並んでいるところに着いた。

ロバート・グラハム・クラーク　一九一七年一月三十一日―一九八四年三月一日。

ロバート・グラハム・クラーク二世　一九七八年二月十四日―一九八三年三月三日。

父さん……我が息子……

まばたきをすると、カエデの木に手を置いた。しばらくのあいだ、僕はその場に立ち尽くし、息子の墓標を見つめていた。そして咳払いをした。

「昨日は〈テリーズ・ピザ〉で愉しんだんだ、グラハム。お前もいれば気に入っただろうな」

僕はしゃがみ込むと、息子の名前の文字を指でなぞった。「おばあちゃんはまた料理でママを殺すところだったよ」僕はクスッと笑ったが、涙がほほを伝うのを感じていた。「あのね……言いたかったんだ……ママのようにはあまりここに来なかったけど、本当は……」ことばはすり泣きに消された。僕は地面にひざまずいた。草は夜露で濡れており、スウェットパンツが冷たくなるのを感じた。

どのくらい息子の墓の前でひざまずいていたのかわからなかった。時間のことは頭になかった。ただ息子のことと、自分が息子をどれだけ愛し、寂しく思っているかということだけしか考えていなかった。息子のために泣き、この残酷な世界の不公平さを恨んだ。最後に墓標を見つめ、言わなければならないことをやっと言った。「愛してるよ。お前にとても会いたい。自殺をすればみんなのためになると思っていた。自分が命を絶てば、お前の姉さんも大学に行け、母さんも借金を返せるし、うまく行けばほかの男性と幸せを見つけることができると思っていた。もっと素敵な男性と」僕は眼をしばたたいて涙をこらえた。「そうしたら、とてもおかしなことが起きたんだ」ほほ笑むと空を見上げた。「友だちのダービーが死んだ」僕は疲れた笑いを浮かべて頭を振った。「そして彼の幽霊がやって来て、贈り物をくれると言ったんだ。四人のヒーローとの四つのラウンド」鼻を鳴らすと、息子の墓標のうえで手をこすった。「おかしいだろ。イーストレイクではボビー・ジョーンズとプレイをして、セルフ・コントロールを学んだ。ベン・ホーガンが完璧なショットを放つのを見て、彼が父親の自殺やバス事故を乗り越えたときの信じられない回復力《レジリエンス》を学んだ。アーノルド・パーマーが一九六〇年の全米オープンでドライバーでグリーンを捉え、優勝をたぐりよせるところも見た。パーマーの教訓は、自分を信じて望むものに向かうということだった」

立ち上がると、スウェットパンツから濡れた草を払った。「そして今は、自分が何をしたらいいかわからないんだ」深く息を吐くと、空を見上げた。「でも、もう自分の命を絶つつもりはない」

僕は墓標を見下ろした。「テネシー・リバー・ブリッジから飛び降りるという壮大な計画は中止したから、自分が何をするのか、何をしたいのかを考えなければならない」

ため息をつくと、唇が震えだした。もう一度、口を開いたとき、その声は震えていた。「怖いんだ、グラハム。ずっと行き詰まって、打ちのめされてきたと感じていた。今は前に進みたいと思ってる。本当に」僕は眼を閉じた。「どうしたらいいかわからないんだ」

また墓標の前にひざまずいた。「愛してるよ、グラハム。そこにいるのが自分で、お前がここにいたらと思う。だけどそうなることはない。お前が僕を誇りに思ってくれるようになりたいと思う。きっと……」声は震えていた。「お前のことは忘れないよ、グラハム。だけど前に進みたいんだ。それが僕たちがやらなければならないことなんだ。ただ……どうすればいいかわからない」

僕は自分の手にキスをし、息子の名前に手をあてた。そして立ち上がった。しばらくのあいだ、息子の隣の墓標を見つめていた。なんとか泣かないで話そうとした。「父さん、あの子をよろしく」もっと何か言いたかったが、ことばが見つからなかった。

三十三

帰り道はほとんど歩いた。走ったことと、墓地で味わった感情の両方のせいで疲れていたが、それは、肉体的に頑張ったあとのどこか心地よい疲労だった。シャワーを浴びて朝食を取れば気分もよくなるだろう。

家に着くと、メアリー・アリスのステーションワゴンはなくなっていた。キッチンのテーブルのうえにメモがあった。〝デイヴィスと教会に行ってきます。愛してる〟。

グラスに水を注ぎながら、妻と娘が僕抜きで教会にいることを考え、いつもの罪悪感を覚えた。グラハムが死ぬまでは、僕たちは定期的に教会に通っていた。だが、息子が死んだあと、僕は教会に行く気になれなかった。メアリー・アリスとデイヴィスは葬儀の数週間後にはまた出席するようになっていたが、僕はいつもなんとか行かない口実を見つけていた。仕事、病気、なんでも言い訳にした。最後には、妻は僕を誘わないようになった。

ため息をつくと、ぐいっと水を飲んだ。罪悪感に溺れないようにした。無理やりバスルームに足を向け、シャワーを浴びた。熱い湯が顔と胸に降り注ぐなか、自分がすべき論理的なことはひとつしかないと悟った。

三十四

　四十五分後、僕はトゥイッケナム・カントリークラブの駐車場に車を止めていた。予想していたとおり、僕以外には車はまばらだった。多くのゴルファー――ビッグチームのブランド・シンプソンのようなろくでなしでさえ――も、この時間は教会にいた。コースはがらがらのはずだった。

　もうひとつレッスンが残っていた。僕はそれを受けたかった。

　胸のなかで心臓が高鳴るのを感じていた。このレッスンのあと、何をすべきなのかがわかるのだろうか？　どうやって前に進んだらいいかがわかるのだろうか？

　ドライビングレンジにバッグを置き、坂道を下りてプロショップに向かった。途中、人影はなかった。日曜なので人が少ないのは当然だったが、それでも奇妙なほどに人がいなかった。駐車場には車が何台か止まっていたので、何人かはプレイしているはずだった。どこにいる？

　プロショップのドアを開けたが、机の後ろにも誰もいなかった。カウンターのベルを鳴らして待った。何もなし。奥の照明は消されており、人の気配はなかった。何かが起きている。体に鳥肌が立つのを感じながらそう思った。四番目、そして最後のラウンド……

　外に出ると、コース上にもドライビングレンジに向かう小道にも人はいなかった。だが、丘を上っていくと、練習グリーンでパッティングをしている人影が見えた。「どれ、もうひとと芝居付き合うとするか」僕は声に出してそう言うと、笑って足を速めた。グリーンに着くと、立ち止まって胸の前で腕を組んだ。

「ナイスパット」眼の前の男が三メートルのパットをカップの真ん中に入れるのを見て、僕は言った。

「絶好調だよ」とダービーは言い、ふさふさとしたひげを撫でた。「『ボールズ・ボールズ』(一九八〇年製作、チェビー・チェイス主演のコメディ映画)のタイ・ウェッブみたいにね」

「君は僕のヒーローじゃないと言ってなかったか？」

「ああ、違う」とダービーは言い、またパットを放った。今度は六メートルからだった。ボールがカップの縁に弾かれると、彼はウインクをして首を振った。

「じゃあ、どうしてここにいるんだ？」

「さよならを言うために」とダービーは言い、自信に満ちた足取りで僕に近づいてきた。「そして幸運を祈るために」

「どうして幸運が必要なんだ？」

「なぜなら最後のレッスンが一番難しく、一番重要だからだ」彼はため息をついた。「おれが学ぶことのできなかったものだ」

「君じゃないのなら、誰が教えてくれるんだ？」と僕は訊いた。

「お前の本当のヒーローだ」とダービーは言った。

「ニクラウスか？」

ダービーはほほ笑んだ。「いや違う。ジャック・ニクラウスは史上最高のゴルファーだし、立派な男だ」彼はことばを切った。「だが、お前にはジャックより尊敬している人がいるだろ」ダービーは駐車場のほうを向くと指さした。

太陽に眼を細めて見ると、人影が近づいてきた。肩にゴルフバッグをかついでいて、四十代後半に見えた。その男が練習グリーンから三メートルのところまで近づくと、僕はようやく彼が誰なのかわかった。

「なんてこった」と僕は言った。

三十五

彼は僕がよく覚えている姿をしていた。白髪混じりの髪の毛は短く刈り上げてあった。大きなポパイのような腕をしたがっしりとした体格。近づいてくると、一度も直さなかった欠けた前歯を見せて僕に笑いかけた。「九ホール回るかね?」きっぱりとした口調で訊いた。怒りのせいで高くなったときには、幼い頃の僕にとっては世界で一番恐ろしい声だった。

左側に眼をやると、まだダービーが僕の横に立っていた。「父さんなのか?」

ダービーは頷いた。「お前が許さない限り、彼はお前に気づかない」

「どうすればいいんだ?」と僕は尋ねた。

だが次の瞬間にはダービーは消えていた。まるで最初からいなかったかのように。僕は二度まばたきをしてもう一度見た。やはりいなかった。「ダーブ?」

「おい」父の声だった。

振り返ると彼はバッグを一番ホールのティーグラウンドに置いていた。「聞こえたか? 九ホールプレイしないか?」

「わ、わかりました」

僕はなんとかそう言った。自分のバッグをつかむとティーグラウンドに向かった。彼はすでにバッグを地面に置き、ゴルフバッグのフロントポーチからボールとティーを取り出していた。

僕は彼から数十センチ離れたスタンドにゴルフバッグを立てかけた。

彼は背筋をまっすぐ伸ばすと手を差し出した。「ロバート・クラークだ」

僕は父の手を握った。その手は子どもの頃と同じように、紙やすりでこすった煉瓦のようだった。「ラ、ラ、ランディです」口ごもりながらそう言った。

「息子と同じ名前だ」

「ほ、本当ですか？」

「ああ。ティーをトスしてオナーを決めようか？」

「はい」

彼はポケットを探って白いティーを取り出すと空中に放《ほう》った。地面に落ちると、先端は僕のほうを向いていた。「君が先だ」と彼は言い、僕の背中を軽く叩いた。彼は数歩離れると、バッグから二本のクラブを取り出してスイングを始めた。それは一緒にプレイするときの、父のいつものウォーミングアップの方法だった。

「レンジで何球か打ちますか？」と僕は尋ねた。どんな答えが返ってくるのかわかっていたが。

彼はクスッと笑った。「コースで打てるかもしれないナイスショットを使い果たしてしまうじゃないか。やめとくよ」

僕は笑った。父がいつも言っていることだった。

僕はボールとティーと一緒に、ドライバーをバッグから取り出した。彼は僕のスイングに気づくだろうか。

ダービーのことばが頭のなかに蘇ってきた。お前が許さない限り、彼はお前に気づかない……

考えを振り払うと、ティーを地面に突き刺し、何回か素振りをした。トゥイッケナム・カントリークラブの一番ホールはフェアウェイの広い、まっすぐなパー4だった。美しく、シンプルなオープニングホールだ。

僕はボールに近づくとスタンスを取った。そして不思議と力の抜けた感じがして、ただ心を無にしてボールを打った。ティーグラウンドから放たれたボールは、フェアウェイの左サイドに飛び出し、やがて真ん中に向かって戻ってきた。それは僕が、文字どおり自分のゴルフキャリアを通じてずっと打ってきたフェイドボールだった。

「ナイスショット」父はそう言うと、僕のほうに歩いて来て、自分のボールをティーアップした。僕はカート道に立って、父がフェアウェイをちらっと見てからボールに近づき、それから短くぎくしゃくとした動きでボールを打つのを見ていた。ボールはフェアウェイの左五十ヤードのところから真ん中にスライスして戻ってきた。

「いいね」と僕は言った。父がいつもバナナ・スライスを打っていたのを思い出してほほ笑んだ。父はゴルフのレッスンを受けたことはなかったが、なんとかショットを刻んで、そこそこのスコアで回った。

僕たちは無言のままフェアウェイを歩いた。僕は何年にもわたって父とプレイしたラウンドのことを思い出していた。多くのラウンドがこんな感じだった。ふたりとも自分の考えに没頭した。会話が期待されていないことを知っている安心感があった。僕たちはゴルフをしていた。話すことがあれば話をしたが、そうでなければ、ただ……一緒にいた。

父と一緒にプレイすることで得られる心地よさを当たり前のように感じていたが、今、大股で前かがみになり、跳ねるようにフェアウェイを歩く父を見ていると、胸に温かいものを感じた。これは……すごいな。僕は思った。父と対等にゴルフをしているのだ。

父はフェアウェイウッドを使って、二打目をグリーン近くまで運んだ。一方で、僕は残り百十五ヤードをウェッジでカップから約三十センチにつけた。

「グレートショット！」父が僕の横を通り過ぎざまに叫んだ。

「ありがとう」

父は自分のボールをカップから約一・五メートルに寄せ、時間をかけずにパットをしてパーで上がった。

僕は短いパットに少し時間をかけてしまった。父に喜んでもらいたい。オーケイパットを外して父をがっかりさせたくない。以前と同じようにそんな感情を抱いている自分がいた。それを振り払おうとしたが、うまくいかなかった。パターのヘッドを後ろに引くのが速すぎて、返しのスイングが遅くなってしまった。幸いなことにボールはカップの側面を捉え、くるりと回って最後にカップのなかに落ちた。ため息をついてボールをカップから取り出した。父をちらっと見ると、僕に向かってニヤッと笑っていた。

「ナイスバーディー」と父は言った。だが、皮肉っぽい表情から、僕がラッキーだったと考えていることがわかった。

「もう少しで外すところだった」と僕は言った。十五歳の頃の自分のように感じ、眼を合わせることができなかった。

次のホールに向かって並んで歩いているときも、父は何も言わなかった。「仕事は何をしてるんだね？」父がそう尋ねたのは、僕が二番ホールのティーグラウンドでティーアップしているときだった。

「弁護士です」と僕は言った。「人身事故の被告側弁護士をしています」

父はほほ笑んだ。が、その眼には悲しみが浮かんでいた。「息子にはそういう仕事に就いてほしい」

僕はチャンスだと思った。「息子さんはいくつなんですか？」

「二十四歳だ」

ショットのことはあまり考えず、自分のスタンスを決めると、フェアウェイの右サイドにナイスショットを放った。トゥイッケナムの二番ホールは五百十五ヤードのパー5で、右に行きすぎると大きな樫の木が邪魔になるが、グリーン手前にクリークがある以外は特に難しいホールではなかった。

「グッドショット」と父は言った。父はティーアップすると、うなるように言った。「息子はプロゴルファーになりたがっている」

僕が答える前に、父はいつものバナナ・スライスを放った。今回は、ボールがスライスしすぎて、右の木の手前に落ちてしまった。

「息子さんはプロになれると思いますか?」それぞれのボールのある場所に向かいながら、僕は訊いた。

「ああ」と父は言った。ためらいなく答えたことに、僕の心臓の鼓動は速くなった。「あの子ならなれると思う」

たった今耳にしたことに唖然《あぜん》とした。返事ができるようになるまで気持ちを落ち着かせなければならなかった。さらに数歩歩いたあと、僕は咳払いをして、彼が先に進むのを止めようとした。「なら……それでいいんじゃないですか? 息子さんがそうしたいと思っているなら」

「わからない」と父は言うと、右サイドの大きな樫の木の手前にある自分のボールの方向に向かっていった。「どんな代償を払うことになるか、わかるかね?」彼はそう言いながらゆっくりと歩いた。彼のあとをついていったら、気まずい気分になるとわかっていた。父は、ショットの検討に十五秒もかけずに、木の枝の下を通してショットを放った。ボールは転がってグリーンまで百ヤードのところで止まった。それは素晴らしいショットだった。だが、父はこれまでにも何百球と打ってきたかのように振る舞っていた。

おそらく実際にそうなのだろう。父のティーショットがスライスし過ぎてトラブルに陥るたびに、ピンチを脱するために放ってきた低い弾道のショット《ノックダウンショット》を思い出しながらそう思った。僕は自分のショットに注意を向けた。グリーンまでは二百二十ヤード。僕にとってはちょうどいい距離だ。三番ウッド《スプーン》でグリーンのフロントエッジまで運べば、ピンそばまで転がるはずだ。

しっかりと打てば……

あまり考えすぎないようにし、三番ウッドを取り出すとボールに近づいた。素直な気持ちでボールを打った。

ピンの左に向かって放たれたボールはわずかに右に曲がって、ピンの手前に落ちた。転がり終わると、約五メートルのイーグルチャンスにつけていた。

「プロになるのは君のほうのようだな」また並んで歩きながら父はそう言った。

「ラッキーショットです」

「そんなことはない」と父は鼻を鳴らして言った。「君のスイングを見ると息子のランディを思い出す。パワーフェイド。ホーガンとニクラウスが放ったショットだ。彼らはいつも堅実なドライバーショットを放った」

僕は顔が熱くなるのを感じた。赤くなっているのが自分でもわかった。「彼らみたいには飛びません」

「わたしの息子もそうだ。難があるとすれば飛距離だが、それでも総合力を考えればプロにはなれると思う」

「あまりうれしくなさそうですね」

彼は肩をすくめた。「さっき言ったように、どんな代償を払うことになるのだろう？　息子は素晴らしい女性と結婚し、彼女は妊娠している」彼はほほ笑んだ。「初孫が生まれるんだ」

彼の顔は輝いていた。

「おめでとうございます」

「ありがとう」彼は自分のボールのところで立ち止まるとバッグからウエッジを取り出した。素振りもせずにボールに近づくと、グリーンを一回見てからスイングを始めた。

ボールはピンの左三メートルのところに落ち、右に転がった。約一・五メートルのバーディーチャンスだ。僕はほほ笑むと頭を振った。「あなたは本当に時間をかけませんね」

「時間をかけても意味はない」父はウエッジをなかに入れると、バッグをかつぎながらそう言った。「素振りをしたところでショットがよくなるわけじゃないし、自分がどこに打ちたいかはわかっている」

僕はにっこりと笑った。「確かにそのとおりです。ところでプロゴルファーになるための代償の話をしてましたよね。あなたは代償が大きすぎると思いますか?」

父は顎を引くと言った。「時間。資金。旅。若い家族には厳しいだろうな。成功するという保証もない。安定して仕事があるわけでもない」

「確かに……」僕は飛行機のなかでアーノルド・パーマーが言っていたことを思い出していた。

「でも、ときには自分を信じてリスクを冒すことも必要なんじゃないですか?」

彼は鋼のような青い瞳で僕を見た。十二歳の頃、裏庭で芝刈りに失敗し、父に刈り残した部分を見せられていた頃の自分に戻ったような気がした。「若い父親にとっては決して贅沢《ぜいたく》な望みじゃない。わたしはずっとこの手を使って仕事をしてきた。どれだけうまくこの手を使えるかが腕の見せ所で、プロゴルファーも違いはない。確かに成功すれば、金を稼げるかもしれない。だが、パットが打てなくなったり、自信を失ってしまった瞬間、キャリアは終わりだ。風が吹けばサッと消えてしまい何も残らない」父はボールをマークすると、また氷のように冷たい、突き刺すようなまなざしで僕を見た。「わたしは息子には手先の器用さだけではない何かを身につけてほしい。孫にも同じものを手に入れてほしいと思っている。それがなんであれ」

僕は自分のボールをマークした。「息子さんには話したんですか？」

「話そうとした」そして彼は長いため息をついた。「お子さんはいるのかね？」

「はい、十代の娘がいます」

「娘さんに何かを伝えようとしたときに、間違ったことを言ってしまったことはあるかね？」

僕はほほ笑んだ。父とこんな会話をしたことはなかった。父が息子である僕と話すのが難しいと認めるのを聞いたことはなかった。「何度も」僕はようやくそう言った。そして、父の眼に苛立ちが浮かぶのを見て付け加えた。「父親であることは簡単じゃありません」

父は僕をしばらく見ていた。一瞬、胃が締め付けられるように感じた。僕のことに気づいたのだろうか？

やがて、パターでグリーンを示すと言った。「イーグルを見たいな」

三十六

イーグルパットは外したものの、簡単にタップインしてバーディーを決めた。父のバーディーパットはカップを舐め、結局パーとなった。次のホールに向かうあいだ、彼の息子の話を続けることを期待した。僕の話を……

だが、残念なことに、父はサイレントモードに戻ってしまった。それがいつもの父だったので、僕は驚かなかった。父は決しておしゃべりなほうではなかったので、もう十分に話したと感じているのだろう。いくつかの「ナイスショット！」以外には会話のないまま、ただプレイするだけの六ホールが過ぎていった。会話はなかったものの、ゴルフを愉しんでいたことは認めざるをえなかった。僕はさらにバーディーをふたつ加え、4アンダーになっていた。父は、3オーバーあたりでうろうろしていた。ボギー以上を打つことはなかったが、バーディーチャンスを得ることもなかった。

トゥイッケナムの八番ホールは、左にOB、右にバンカーと林がある二百ヤードのパー3だった。ロングアイアンをうまく打たなければならないタフなホールだ。僕は三番アイアンを手にすると、しっかりとボールを打った。ボールは空中高く舞い上がり、ピンの左三メートルのところに落ちた。

「素晴らしいショットだ」と父は言った。「君はすごいゴルファーだな、ランディ」

「ありがとう、と、父さ……」そのことばを言う前に口をつぐんだ。「ありがとう、ロバート」彼はまたしばらく僕を見つめた。「君はどこか見覚えがあるような気がする」彼はようやくそう言った。

「あなたもです」

彼はショットを放ち、ボールはスライスしてグリーン右サイドを守るバンカーに落ちた。グリーンに向かって歩きながら、時間がなくなってきていることに気づいていた。まだ彼に訊きたいことがあった。「ロバート、あなたの息子さんがプロゴルファーになることの代償について話してくれたとき、あなたは間違ったことを息子さんに言ってしまったと言いましたね。どういう意味ですか?」

「なぜ知りたいんだね」

胃が締め付けられるような感じがした。なぜなら僕はあなたの息子で、その答えをずっと知りたかったから……。僕は小さく息を吸って、慎重にことばを選んだ。「なぜなら僕も父親で、娘とのコミュニケーションに苦労しているからです」

「たとえ話をした。すべての男は、人生のどこかで自分がジョー・ネイマスにはなれないと気づくときがある、と言って」

これまで十六年間、僕の人生にバンパーステッカーのように貼りついてきたことばを父が繰り返すのを聞くと、腕に鳥肌が立った。

「意味は明らかだと思った。ジョー・ネイマスは当時世界で最も有名なアスリートだった。ブロードウェイ・ジョーと呼ばれていた。そういった名声には代償がつきものだ。それに夫や父親としての責任を負う男なら、誰もがある時点で、ネイマスのような人生を送ることは無理だと悟る」彼はため息をついた。「だが、わたしは違うことを言ってしまったようだ」

「あなたは彼にその力はないと言った」自分の口から出てきたことばは燃えるようで、辛らつで無情に聞こえた。父は肩を落としたが何も言わなかった。「あなたは息子さんにプロゴルファーになる才能も技術もないと言い、夢物語はあきらめて何か現実的なことをするべきだと言った」

父はバンカーの脇で立ち止まり、サンドウェッジを手にした。しばらく立ち止まって地面を見ていた。「そのとおりだ」と彼はやっと言った。

「でも、あなたはさっき、彼にはプロになる力があると僕に言った。なぜ息子さんには違うことを言ったんですか？」

父はまだ地面を見つめていた。「わからない。息子にはプロになった友だちがいた」彼は顎を引いた。「ダービー・ヘイズという名の悪友で、わたしにはトラブルメーカーだとわかっていたが、息子はそのことに気づいていなかった。プロになって、アーノルド・パーマーやジャック・ニクラウスとプレイしているという理由で彼を崇拝していた。ランディにはプロになることしか見えていなかった。妻や子どもと離れて暮らす生活がどういうものか想像できていなかった」彼はそこでことばを切った。「彼にそれだけの実力があったのか？　ああ、あった。だがツアーで勝つだけの力は？」彼はため息をついた。「わからない」

「どうして息子さんに夢を追わせたくなかったんですか？」僕は尋ねた。「何がいけなかったんですか？」

父はようやく僕を見た。「わたしはよい父親として、きちんとしたアドバイスをしようとした」と彼は言った。「だが間違っていた。今も自分を赦すことができない」

僕は肺から空気が抜けていくように感じていた。腕は力なく脇に垂れさがっていた。今聞いたことが信じられなかった。僕は別の質問をした。「なぜ自分を赦せないんですか？」

「息子がもう一度自分を信じることができるかわからないからだ。息子は今、ロースクールに通っている。よい成績を取っている。だが何かが足りない。わたしが奪ってしまった何かが」

「それは何ですか？」

父は僕をじっと見た。彼の青い瞳はもう冷たくはなかった。その眼は悲しみと苦しみに満ちていた。「息子の情熱だ」

三十七

僕はぼーっとした状態で八番ホールを終えた。父がたった今認めたことを理解しようとしていた。この数年間、ずっと言ってほしかった。本当にずっと。僕は、父が自分が間違っていたと言わなかったことに腹を立てていた。なぜできなかったのだ？

だが息子には力はないと告げたあとに、どうやってそうじゃないと告げることができるのだ？

怒りよりも大きな、基本的な感情が僕の体に浸み込んでいった。それは悲しみだった。父に対する。自分に対する。そして僕たちふたりに対する。

トゥイッケナムの九番ホールは上りのパー4で、右側が一番ホールに隣接し、左はエアポート・ロードに面していた。ティーショットを打つとき、通り過ぎる車の音が聞こえた。父の打ったボールは大きくスライスし、一番ホールのフェアウェイまで行ってしまった。僕も同じ方向にボールを打ちこんだ。

「お互いミスしましたね」と僕は言い、重い足取りでティーグラウンドをあとにした。

「ああ」

僕らはふたりとも低いパンチショットでアプローチをした。僕のボールは手前のバンカーに入り、父のショットは完璧にグリーンを捉え、ピンの手前にオンした。歩きながら、日が落ち始めていることに気づいた。おかしい。まだ午後の二時を回っていないはずなのに。

この夢のなかでは、何もかも意味をなさないのだろうか?

グリーンに着いたときには、日差しが薄くなり、夕暮れが迫っていた。僕はバンカーショットを打ち、カップから数センチのところに寄せた。

「オーケイだ」と父は言った。

僕は自分のボールを拾い上げると、眼の奥が熱くなるのを感じていた。ラウンドは終わろうとしていた。父との時間はあとどれくらいあるのだろう。

僕はピンを抜くと、物心ついてからずっと崇拝してきた男を見た。父は、ダービー・ヘイズが僕のヒーローだと思っていた。たぶん僕もそう思っていた時期があった。

そうじゃない。涙がほほを伝うのを感じながら、僕にはわかっていた。僕は今、自分のヒーローを見ている。彼はカップをじっと見ると、アーノルド・パーマーを思わせる内股のスタンスで構えた。パットを打つと、ボールがカップに向かっていく様子をじっと見ていた。僕はボールではなく、父を見ていた。ポパイのような腕。ゴルフシャツから覗く胸毛。白髪混じりの髪。白髪がなかった頃の父を覚えているだろうか? クリスマスイブに膝のうえに坐って、『クリスマスのまえのばん』を読んでくれるのを聴いていたときの、アフターシェーブローションのにおいを思い出していた。

僕はボールがカップに落ちる音を聞いてから、覗き込んで確かめた。ほほ笑みながら涙を拭った。かがみこんで父のボールを取り出すと、彼にボールを放り、ピンをカップに戻した。

「ナイスバーディー」

「遅くてもないよりはましだな」

数秒、見つめ合ったあと、彼が手を差し出した。「ランディ、本当に愉しかったよ。またいつかプレイできるだろう」

彼のごつごつとした手を握りながら、何か言おうとしたがことばが出てこなかった。ただ頷くだけだった。

彼は歩きだした。僕は彼を見ながら、心臓の鼓動が速くなるのを感じていた。

お前が許さない限り、彼はお前に気づかない……

彼がグリーンエッジでパターをバッグに入れているとき、僕はやっと声を出すことができた。

「ハイ、父さん」

彼はゴルフバッグから顔を上げると、眼を細めて僕を見た。彼の後ろには西の地平線に沈むオレンジ色の太陽が見えていた。そして、彼はゆっくりと僕のほうに戻ってきた。一歩離れたところまで近づくと、彼の髪は完全に白くなり、さらに二十歳、歳を取っていた。

「息子よ」と彼は言った。ほほ笑んだが、無理やりしてるように見えた。「なかなかいいラウンドだった。わたしの計算では4アンダーだったな」

「ありがとう」

さらに数秒間、僕らは互いに見つめ合った。太陽はほぼ完全に姿を隠していた。そして僕はダービー・ヘイズの訪問から始まったこの旅が終わったことを悟った。それはすべてこの瞬間につながっていたのだ。

これが一番重要なレッスンだ……

「父さん、お願いがある」

父は頷いた。

「自分自身を赦してほしい」

「なぜだ？」と彼は訊いた。「わたしはお前から情熱を奪った。お前は決して以前とは同じになれなかった。わたしがしたことは……赦されないことだ」

「違う」と僕は言った。「赦すよ……」そう言うと頷いた。そのことばが自分の口から出てきたことがうれしく、さらに大きな声で言った。「赦すよ、父さん。あなたはよい父親になろうとした。だから僕はあなたを赦す」

生まれて初めて父の眼に涙が浮かぶのを見た。「グラハムのことは？　お前は人生で最悪の嵐のなかにいた。そしてわたしはグラハムが死んだすぐあとにこの世を去った。お前が必要としていたのに、お前を裏切った」

「そんなことはない」と僕は言った。そのことばに真実を聞いていた。「違うよ、父さん。グラハムの死を乗り越える力をくれたのは父さんだよ。あなたは厳しくて、注文の多い父親だった。けど、家族を第一に考えろと教えてくれた。責任を持てと」僕はことばを切った。「一人前の男になる方法を教えてくれた。グラハムの病気と死のあいだ、僕はその教えのひとつひとつを頼りにしていたんだ」

父は涙を拭った。すっかり暗くなり、見えるのは彼の影と、僕を見つめ返している父の青い瞳だけだった。「ランディ、お前はわたしの知るなかで一番強い男だ」そのことばはグラハムの葬儀の日に父がデイヴィスに言っていたことばに似ていた。

僕が手を差し出すと、父はその手を握った。そして僕らは抱き合った。クリスマスイブを思い出させるおなじみのアフターシェーブローションのにおいがした。「愛してるよ、父さん」

「わたしも愛してる、息子よ」

僕らは抱擁を解き、彼は歩きだした。数歩歩いたところでほとんど見えなくなった。

「父さん?」

「ランディ、お前にはもうひとつやらなければならないことがある」

「何を?」

「自分を赦すことだ。失敗を忘れろ。自分を疑うことも。グラハムの死を悲しむことも。自分を責めたすべてのことを」父はそう言った。「そのすべてをこのグリーンのうえに置いていって……そして自分を赦すんだ」

三十八

トゥイッケナム・カントリークラブの九番ホールのグリーンにどのくらい立っていたのかわからなかった。三十分だったかもしれないし、三時間だったかもしれない。時間の感覚がなくなっていた。最後には露に濡れた芝生のうえに腰を下ろし、足を組んで頭を垂れていた。

そして泣いた。

僕は祈り、自分の罪を赦してくださいと神に願った。

さらに泣いた。

暗闇のなか、父の最後の忠告を思い出していた。眼を閉じ、そのことばを口に出して言ってみた。

「お前を赦すよ、ランディ。お前は間違いを犯した。失敗した。だがお前を赦す」

あなたを赦します。

あなたを赦します。

僕は大きく深呼吸をした。

自分を赦します。

三十九

眼を開けると、僕は運転席にいた。フロントガラスからは強い日差しが差し込んでいて、思わず手でさえぎった。

ダッシュボードの時計をちらっと見た。午後三時だった。何時からここに坐っていたのだろう？　駐車場を見渡すと、五時間以上前にここに着いたときと同じく、今もほとんど人はいなかった。

マスターズの日曜日だ。僕は思った。みんな家でテレビに釘付けになって、グレッグ・ノーマンとセベ・バレステロスがゴルフ界の覇権を賭けて争っているのを見ているのだろう。

僕は深く息を吸うと、父とのラウンドで思い出した最後のことばをつぶやいた。「自分を赦します」

そしてほほ笑んだ。キーをイグニッションに差したままだと気づき、エンジンをかけた。車を駐車場から出し、この四日間に学んだすべてを振り返ってみた。

セルフ・コントロール——自分に負けないために、セルフ・コントロールを学び、実践する。

回復力《レジリエンス》——大きな逆境に直面しても、レジリエンスを発揮する。

信念——自分を信じて、求めるものを追いかける。

赦し——自分を最も傷つけた人を赦す。僕の場合は父と……自分自身だ。

僕は無意識のうちに車を運転し、家に向かっていた。ボビー・ジョーンズがゴルフクラブを振るときの滑らかさと、スコットランドのホテルの部屋にいた、自分自身をコントロールできるようになる前の若き日のジョーンズの眼が忘れられなかった。九歳のベン・ホーガンを心に思い浮かべた。父親のあとを追って両親の寝室に入り、父のチェスター・ホーガンが自殺する瞬間を目撃していた。次に僕はアーノルド・パーマーを見ていた。チェリーヒルズの一番ホールでグリーンに向かってティーショットを放ち、その大胆なプレイでギャラリーを興奮させる姿、そしてジェット機のコックピットに坐っている姿だった。最後に僕は父の青い瞳を思い出していた。

私道に車を入れながら、マスターズのことを思い出した。今日は最終日だ。誰もがマスターズは日曜日のバックナインにならないと本当には始まらないことを知っていた。今、トップに立っているのは誰だろう……

メアリー・アリスのステーションワゴンの後ろに車を止め、ほぼ六時間も姿を消していたことに、妻が怒っていないことを願いながらため息をついた。だが、玄関まで歩くと、驚きに出迎えられた。ドアが開いてデイヴィスが興奮したまなざしで僕を見ていた。「パパ、どこに行ってたの？」彼女は息を切らしていて、額には玉の汗をかいていた。

「クラブに行ってた。どうして？　何かあったのか？」

「ランディ、今すぐ、ここに来て」メアリー・アリスだ。ほとんど舞い上がったような口調だった。

「パパ」娘の顔にほほ笑みが広がっていた。「信じられないと思う」

十九番ホール

四十

一九八六年四月十三日の日曜日、ジョージア州オーガスタのとても美しい春の日、ジャック・ニクラウスはマスターズを制した。

僕はなんとか間に合って、ジャックの最後の四ホールを娘と妻と一緒に見ることができた。デイヴィスはひどく興奮していて、ショットの合い間に腕立て伏せやジャンピング・ジャックをしていた。彼女が汗をかいていたのはそのせいだった。ゴルフのトーナメントを見ても、決して感情をあらわにしたことのないメアリー・アリスは、まるで自分の人生がかかっているかのように僕の手を握り、テレビの前に引っ張っていった。僕たちはありえない光景を眼にしようとしていた。四十六歳の男がマスターズで優勝するなんて信じられなかった。

しかし、彼はそこにいた。黄色のゴルフシャツに格子縞《こうしじま》のスラックス姿のゴールデン・ベアは、ビッグ・ドライブを放ったあと、十五番ホールを堂々と歩き、バレステロスとノーマンに迫ろうとしていた。十五番でジャックの二打目を見たときの感覚は、決して忘れないだろう。この大会で初めて見ることのできたプレイだった。十五番ホールはグリーンの手前と奥に池のあるスリリングなパー5だ。プレイヤーは、ジャックがしたように一打目でナイスショットを放てば、二打目でグリーンを狙うことができ、イーグルチャンスを手にすることができる。ジャックがアドレスに入るあいだ、僕は息を止めていた。テレビからも狭い居間のなかからも音が消えていた。遠くにグリーンが見えた。ジャックがスタンスを決めた。テレビを通してでさえ、クラブが完璧にボールを捉えた音がわかった。そして獲物を追う熊のように、ジャック・ニクラウスはボールのあとを追って歩きだした。あたかもまさに望んでいた場所に向かうことを喜んでいるかのように。

ボールはピンのすぐ左に落ち、約四メートルのところで止まった。テレビではアナウンサーのベン・ライトが英国なまりで叫んでいた。「チャンスが出てきたぞ！　彼にもチャンスが出てきた！」

アドレナリンで体じゅうがゾクゾクするのを感じた。妻の手が僕の手をしっかりと握っていた。眼をやると、メアリー・アリスはまばゆいばかりに美しかった。

「チャンスが出てきたわ」彼女はアナウンサーのことばを繰り返した。英語の抑揚までもまねしていた。

「いつからゴルフが好きになったんだい？」と僕は尋ねた。

「夫のお気に入りのプレイヤーがマスターズの最終ラウンドでチャージをすると決めたときからよ」

僕は唇をかみ、一九七五年に十六番ホールで、ニクラウスが十二メートルの曲がりくねったパットを決めたときの、父のガッツポーズを思い浮かべた。これは本当に起きているんだろうか？

数分後、ニクラウスはイーグルパットを決め、トップとの差を二打差まで縮めた。十六番のティーグラウンドでは、パー3のホールではよくあるようにしばし待たされた。十六番は池越えのパー3で、トーナメントではこれまでにも多くのドラマを演出していた。

ジャックがアドレスに入ろうとすると、歓声が石のような静けさに変わった。今度もテレビの画面から、ジャックのショットの音がしっかりと聞こえた。ボールをヒットしたあと、ニクラウスはティーを拾うために前かがみになり、ピンを見さえしなかった。

数秒後、ボールはピンの右一メートルのところに落ち、スピンがかかった。

「入る!」デイヴィスが叫んだ。

だが、ボールはカップの縁をかすめ、まっすぐな上りのバーディーパットを残した。ジャックがそのパットを決めると、まるでオーガスタでロックコンサートが開かれているような大歓声が湧きおこった。一打差。

ニクラウスが十七番ホールをプレイしているとき、首位のセベ・バレステロスはパー5の十五番ホールでまだ二打目を打とうとしているところだった。ほかのプレイヤーの失敗を願いたくはなかったが、もしバレステロスがグリーンを捉えれば、最悪でもバーディーを奪うだろう。今度も僕は息を止めて彼のショットを見守った。スペイン人がボールを捉えた瞬間、僕は即座に彼が自分のショットを気に入っていないのがわかった。ボールは低い線を描いてフックし、グリーン手前の池に落ちた。

「信じられない」僕はそうつぶやくと、デイヴィスを見た。彼女は両手で顔を覆い、指の隙間からテレビを見ていた。バレステロスは、簡単なバーディーのはずが、なんとかボギーに収めるのがやっとだった。残り二ホールを残してジャック・ニクラウスはついにトップタイに並んだ。

ニクラウスは十七番でまずまずのショットを放ったものの、二本の木のあいだに打ち込んでしまった。だが、リカバリーショットを決め、カップから三メートルにグリーンオンした。彼がアドレスに入ろうとするなか、アナウンサーのヴェルヌ・ルンドキストがそのパットの意味するところをつぶやいた。「これが決まれば単独首位です」

僕の足元では、デイヴィスが腕立て伏せをやめ、両腕で膝を抱えて見つめていた。メアリー・アリスはソファに坐り、口の前で両手を合わせていた。僕は深く息を吸った。自分の感情をコントロールするのが難しくなっていた。この数日で僕が学んだ教えをすべて持ち合わせている人物がここにいる。ニクラウスは完全に自分をコントロールしていた。彼は四十六歳という年齢で、メジャートーナメントで優勝するために勇敢に戦っていた。彼のクラブは錆びついたという嫌味や、大きなヘッドのパターに対する皮肉に耐えながら。彼はその逆境に立ち向かい、突き進んでいた。自信に満ち溢れ、自分の力を信じていた。アナウンサーは、十二番ホールでのボギーがラウンドを狂わせるかもしれないと言っていた。だが、彼は自分のミスを赦し、前に進んだ。

ニクラウスがパットを打った。半分まで来たところで右に外れそうに見えた。ジャックはボールのほうに歩きだし、左手でパターを高く上げた。なんとボールはカップに向かってまっすぐ転がっていった。ルンドキストが言った。「まさか……」

ボールがカップに吸い込まれると、アナウンサーは「イエッサー！」と叫んだ。

ジャックが十八番ホールをプレイしているとき、僕はソファで妻の隣に坐り、彼女に腕を回した。なじみのある彼女の香水の香りを吸いながら僕は泣いていた。数日前までしようとしていたことを思い出していた。テネシー・リバー・ブリッジから見た光景が頭に浮かび、涙がこぼれてきた。もしダービー・ヘイズが僕に会いに来てくれなかったら……

「ランディ、大丈夫？」

眼を拭うと妻にほほ笑んだ。

「パパ？」デイヴィスはまた腕立て伏せを始めていたが、母親の質問を聞いてやめた。

「大丈夫だよ。ただ……幸せだなって」僕はずいぶんと長いあいだ口にしていなかったことばを言いながら頷いた。なんとか涙を止めようと顔をしわくちゃにした。そして自分の気持ちを確かめるかのように、もう一度言った。「幸せだな」

ニクラウスは十八番ホールをパーで締めくくった。最後のパットを沈めたあと、息子のジャッキーと抱き合い、ふたりは一緒にグリーンをあとにした。このときにはメアリー・アリスも僕も泣いていて、デイヴィスも眼を拭っていた。これまでに経験したスポーツシーンのなかでも、最も完璧な瞬間だった。

三十分後、グレッグ・ノーマンの最後のチャージも最終ホールのボギーで終わりを告げた。ニクラウスはやってのけた。彼は六度目のマスターズ優勝を飾ったのだった。

メアリー・アリス、デイヴィス、そして僕は、表彰式のあいだ、ずっとひとことも話さなかった。表彰式ではオーガスタ・ナショナル・ゴルフクラブの会長がジャック・ニクラウスにグリーンジャケットを贈呈していた。この四日間で経験したことが、このような感動的なトーナメントのフィナーレで終わったことで、僕は疲労感を覚えていた。娘と妻も疲れ切っているようだった。

だが、前年のチャンピオンがニクラウスの肩にジャケットをかけたとき、僕はまだしなければならないことがあると思った。僕は妻の膝に手を置き、体を乗り出した。「すまなかった」と僕は囁くように言った。

「何に対して?」と彼女は言い、僕をじっと見た。

「グラハムの死んだあと、逃げていたことに。強くなれなかったことに」僕はことばを切った。「すべてに。僕を赦してくれるかい?」

震えた唇で彼女は頷いた。そして体を寄せると腕を絡め、僕のほほにキスをした。「愛してるわ、ランディ」と彼女は言った。声は柔らかく、息が耳元に温かかった。

「僕も愛してるよ」

離れようとしたが、彼女は僕の肩をしっかりとつかんでいた。「たぶん、今夜は」と彼女は言った。「デイヴィスが寝たあとに……わたしたち……ね……」

「え?」すぐには理解できずに訊き返した。彼女の茶色の瞳を覗き込むと、彼女がそれに答えてほほ笑んだ。

「長かったわね」と彼女は言った。

「長すぎた」と僕は答えた。そして僕は彼女の唇にキスをした。

「ふたりっきりにしたほうがいい？」デイヴィスがティーンエイジャーらしい、専売特許の皮肉っぽい口調で言った。笑みを隠せないでいた。

「たぶん」とメアリー・アリスが言った。

「ママ！」とデイヴィスは叫んだ。

僕はクスクスと笑い、メアリー・アリスも笑いをこらえているのを見て、止まらなくなった。笑い過ぎて脇腹が痛くなった。

笑いの発作がやっと治まると、僕は妻から娘に眼を移し、深く息を吸った。そしてゆっくりと息を吐き出した。自分の幸運が信じられなかった。

僕は死んでいなかったし、もう死にたいとも思っていなかった。生きていて、以前と同じように雑然とした自分の人生に感謝していた。

ありがとうダーブ。そして頭を垂れた。ありがとう、神様。

僕はジョー・ネイマスにはなれなかったし、これからもなれないだろう。僕はランドール・ジェイムス・クラークだ。眼をしばたたいて涙をこらえると、娘と妻を見上げた。

それでいいんだ。

四十一

ジャック・ニクラウスが六度目のグリーンジャケットを身にまとった十四カ月後、僕はアラバマ州キレンにあるタートル・ポイント・カントリークラブの一番ホールのティーグラウンドに立っていた。緊張で、その日の朝のホテルの朝食ビュッフェではシリアルにさえ手をつけられなかった。僕は三番ウッド《スプーン》をゴルフバッグから取り出すと、先週取り付けた〈ゴルフプライド〉のグリップに指を走らせた。手に吸い付くようでいい感じだ。顔を上げてティーグラウンドのプレイヤーを見た。彼女の名前はブリアナ・プラウド。ゆったりとした流れるようなスイングと豊かな黒髪がＬＰＧＡのレジェンド、ナンシー・ロペスを思い出させた。彼女と一緒にプレイするのは三日目だった。彼女は二位に二打差をつけてトップを走っていた。

　プラウドがボールの後ろで、これから打とうとするショットを確認しているとき、僕は身を乗り出して囁いた。「昨日と同じだ。しっかりとボールを捉える。僕らのドローを打つんだ。そうすれば、フェアウェイの左サイドからウェッジで狙える」そして娘の背中を軽く叩き、彼女の首筋を揉《も》んだ。「何があろうとお前を誇りに思うぞ。南部ジュニアアマチュア選手権は出場資格を得るのも難しいトーナメントだ。ましてや優勝するチャンスなんて……」

　デイヴィスは祖父譲りの青い瞳で僕を見た。白いサンバイザーをかぶり、その後ろの開いた部分からポニーテールが突き出ていた。彼女はここ一年で十センチも身長が伸び、背が高くやせた体格がパワフルなスイングを生み出していた。「わたしは五打差よ。あの娘《こ》には敵わないわ、パパ。彼女とプレイして、毎日打ち負かされてきた」

僕は彼女の首をもう一度揉んだ。「お前の仕事は彼女に勝つことじゃない。自分らしく、自分にできる最高のプレイをするんだ」

「セルフ・コントロール」と彼女はつぶやいた。それはこの夏、僕が彼女のキャディーをしているときに、常に口にしていた教え《マントラ》だった。

「感情をコントロールして、自分自身に勝つ」と僕は言った。

「回復力《レジリエンス》」と彼女は言った。その口調は穏やかだが断固としていた。

「逆境に正面から向き合い、逃げない」

「自分を信じ、リスクを冒す」

「目標に向かって進む」と僕は言った。

彼女はほほ笑んだ。「目標に向かって進む」そして真剣な顔に戻って付け加えた。「自分の過ちを赦す」

「過ちを忘れ、前に進む」

プラウドがアドレスに入るあいだ、僕らはおしゃべりをやめた。彼女はクラブをワッグルしてからターゲットを見つめると、五番ウッドのように見えるクラブで、フェアウェイの左サイドに高いボールを放った。

「ナイスショット」デイヴィスと僕は同時に言った。

デイヴィスが僕を見た。僕は彼女に三番ウッドを渡した。「頑張れ、チャンプ」

彼女はクラブを受け取ったが、僕の手を握って言った。「パパ？」

「なんだい」

「わたしもパパを誇りに思う」

僕は首をかしげた。

「本気だよ」と彼女は続けた。「去年、うちの家族はバラバラになりそうだったけど、パパがわたしたちを救ってくれた」

僕はほほ笑んだ。「エリー・ティンバーレイクから多くの支援を受けた。もし彼女がパートナーになるチャンスをもう一度与えてくれなかったら、そして年末までにあの二件の大きな和解を勝ち得ていなければ……」

「長いあいだ、あの事務所にいたあとに、ミズ・エリーとやっていくのにはリスクがあったんでしょ」と彼女は言った。「パパはこの夏、たくさんのことをわたしに教えてくれた。そしてそれをすべて実践して見せた」

「お前とお前のお母さんにたくさん支えられた」僕はそう言うと、クリスマスイブのことを思い出した。メアリー・アリスとデイヴィスがツリーの前でプレゼントのラッピングをしているところに、後ろから忍び寄り、妻の天使のような顔の前に、病院からの完済通知を見せた。

「終わったよ」僕は彼女の耳元で囁いた。

メアリー・アリスはその書類の最初の数語を読むと、興奮で胸を弾ませた。眼を輝かせて僕を見ると言った。「あなたがやったのよ」

「僕たちがやったんだ」と訂正すると、彼女をきつく抱きしめた。その夜、僕の母が自慢のエッグ・カスタードパイを持ってきてくれた。本当に最高の夜だった。僕たちは盛大にクリスマスを祝った。僕は『クリスマスのまえのばん』を読んだ。僕が父のことを思い出したのと同じように、いつか娘がこの話を自分の娘に読んであげるときに、僕のことを思い出してくれることを願って。

デイヴィスが僕の手を握り、現実に引き戻した。そして手を離すと、数歩後ろに下がった。まだ僕を見つめていた。そして満面にいたずらっぽい笑みを浮かべた。「昨日の夜、わたしが言ったこと考えてくれた？」

僕はニヤリと笑って言った。「ボールを打つんだ。いいね？」

だが彼女は僕を見つめていた。「シニアツアーだよ、パパ。五十歳になるまで九年？　そのときにはきっとふたりともプロゴルファーだね」

僕は首を振って、フェアウェイを指さした。「さあ、打ちなさい」

彼女は笑い、その声が僕の心を温かくした。僕に背を向けるとティーを地面に刺した。彼女がこれから打つショットを頭に描いているあいだ、僕は誇りと愛、そしておそらくもっと力強い何かを感じていた。

感謝。

ボビー・ジョーンズ、ベン・ホーガン、アーノルド・パーマー、そして父から授かった四つの教訓を学んだあとの数カ月間で、僕は同じくらい重要な五つ目の教訓を学んだ。

感謝の気持ちだ。

人生の贈り物とすべての謎、挑戦、そして驚きに。

妻のメアリー・アリス——親友でありソウルメイト——に。

娘のデイヴィスに。今、彼女は僕の眼の前でひとりの女性になりつつある。

息子のグラハムに。白血病でこの世を去ったが、大切な思い出を残してくれた。

母に。母の無償の愛は決して当たり前のものとは思えなかった。

父に。父のことばは僕の魂を燃やしたが、その愛と支え、そして強靱《きょうじん》さが今の僕を作ってくれた。

そして神に。僕は改めて神を信じるようになっていた。自分に与えられた奇跡をほかにどう説明すればいいのだろう?

四人のヒーロー……四つのラウンド……四つのレッスン……

「ありがとう」と僕はつぶやいた。娘がティーショットを放った。

ありがとう。

著者あとがき

家族の次に、父が情熱を注いだのがゴルフだった。そしてその父のヒーローが、〝ゴールデン・ベア〟ことジャック・ニクラウスだった。一九八六年のマスターズ最終ラウンドでジャックが首位に迫ると、父は緊張のあまり、家を飛び出して草刈りを始める始末だった。ジャックが十五番ホールでピンの近くにオンさせたとき、わたしは父を家のなかに入れて一緒に結果を見守った。わたしがスポーツを観戦していて初めて泣いたのは、この最終ラウンドを終えて、ジャックが息子のジャッキーを抱きしめたときだった。本書の最後に、主人公ランディ・クラークが言っているように、それは今までに見てきたスポーツシーンのなかでも、最も完璧な瞬間であり、二〇一九年四月にタイガー・ウッズがオーガスタで勝利するまでそうあり続けた。

二〇一五年の夏、父と弟のボー、そしてわたしはジョージア州アトランタにあるイーストレイク・ゴルフクラブでプレイした。本編を読んだ方はおわかりだと思うが、イーストレイクはボビー・ジョーンズのホームコースである。これは四つの遠征の最初のものとなるはずだった。わたしたちは、ジャックのホームコースであるオハイオ州のサイオートー、ベン・ホーガンが創設したテキサス州フォートワースのシェイディ・オークス・カントリークラブ、そしてアーノルド・パーマーの父がかつてプロゴルファーとしてプレイし、パーマー《キング》がゲームを学んだペンシルベニア州ラトローブのラトローブ・カントリークラブでプレイをするつもりだった。

父は、父にとってのラシュモア山（米国サウスダコタ州キーストーンに存在する国立記念公園。四人の大統領――ジョージ・ワシントン、トーマス・ジェファーソン、セオドア・ルーズベルト、エイブラハム・リンカーン――の巨大な胸像が岩肌に彫られている）のプレイヤー――ジョーンズ、ホーガン、パーマー、そしてニクラウス――の聖地であるコースで息子たちと最後のゴルフ旅行をしたいと願っていた。アトランタからの帰路の車中で、わたしはこの冒険の旅の回顧録を書くべきだと思った。だが、結局、イーストレイクがわたしたちの終えることのできた最後の旅となってしまった。

二〇一六年四月、父はステージⅣの肺癌と診断された。その八カ月後、妻のディクシーがステージⅢの早期の肺癌と診断された。父は二〇一七年三月三日にこの世を去った。三十日後――父の死からちょうど一カ月後――、ディクシーは右肺の大部分を切除する根治手術を受けた。それをきっかけに、わたしは父の叶わなかった夢を、つらいときに人々を助け、人生の暗闇のなかに希望の光を灯《とも》す寓話《ぐうわ》にしようと考えるようになった。

四人のヒーロー……四つのラウンド……四つのレッスン。

本書を読んでいただいたことに感謝したい。この航海を終えるにあたり、主人公ランディ・クラークの物語を書けたことに感謝したい。彼の名前はわたしのヒーローにちなんで名付けた。父、ランディ・ベイリーに。

ロバート・ベイリー
二〇一九年十二月九日

謝辞

妻ディクシーは、最初の一行から、この執筆という旅に付き合ってくれた。彼女の存在、健康、愛に感謝している。彼女はわたしのすべてだ。

子どもたち――ジミー、ボビー、そしてアリー――は、いつもわたしに刺激を与えてくれた。母、ベス・ベイリーはいつもわたしの本の最初の読者であり、彼女の質問、アイデア、サポートは、わたしにとってはことばでは言い尽くせないほど重要だった。

エージェントのリサ・フライスィヒは、わたしの夢の実現を手助けしてくれた。リサの努力と粘り強さにはずっと感謝している。

編集者のタラ・シン・カールソンには、その専門知識、情熱、ビジョンに感謝したい。また、ヘレン・オヘアの本書に対するサポート、そして本書を信じてくれたG・P・パットナムズ・サンズの偉大な仲間たちすべてにも特別の感謝のことばを贈りたい。

初期の原稿を読んで、励ましを与えてくれた友人のビル・ファウラー、リック・オンキー、マーク・ウイッツエン、スティーブ・シェイマス、ジャド・ヴォーウエル、デヴィッド・リトルにも感謝を。

弟のボー・ベイリーは、わたしのお気に入りのゴルフパートナーで、この物語の最初の種が蒔かれたのは、ボーと父とでイーストレイク・ゴルフクラブでラウンドしているときだった。

友人のロブ・クラーク——レッジズ・ゴルフクラブの支配人——がイーストレイクでのラウンドを手配してくれ、あの日、わたしたちと一緒にプレイしてくれた。かけがえのない思い出をありがとう。そして家族の素晴らしい友人であってくれたことに感謝したい。

義理の父、ドクター・ジム・デイヴィスは初期の原稿を読んでくれ、常に前向きなエネルギーと情熱を与えてくれた。

義理の姉であるデニス・バローズは、長年カルマン高校で英米文学を教えてきた教師であり、彼女の講評はわたしに自信を与えてくれただけでなく、大いに力になってくれた。

素晴らしい友人であるジョーとフォンシー・バラード夫妻にも感謝したい。彼らはふたりとも初期の原稿を読んでくれた。わたしの知る最高のふたりだ。

最後に、この物語は父、ランディ・ベイリーの愛とサポート、そして影響力がなければ実現しなかっただろう。愛してる、そして寂しいよ、父さん。

訳者あとがき

ロバート・ベイリーの『ゴルファーズ・キャロル』をお送りする。

著者ロバート・ベイリーは、アラバマ大学のロースクールを卒業し、その後十三年間、地元ハンツビルで弁護士として活躍した後、二〇一四年にリーガル・スリラー『The Professor』でデビューを果たした。この作品は、『ザ・プロフェッサー』として邦訳刊行され、その後もシリーズ作となる『黒と白のはざま』、『ラスト・トライアル』と書き継がれ、本年十二月には四部作の完結作となる『最後の審判』（いずれも小学館）が刊行されることになっている。そんな彼が、ミステリーではないスタンド・アローン作品として書いたのが本作である。

「すべての男は、人生のどこかで自分がジョー・ネイマスにはなれないと気づくときがある」

一九七〇年、二十四歳のとき、父のこのことばとともにプロゴルファーになるというランディ・クラークの夢はついえた。妻と生まれてくる子供のために弁護士になる道を選んだランディは、十六年後の四十歳の誕生日の朝、テネシー川の橋の上に立っていた。息子を病気で失い、さらに破産の危機に直面していた彼は、妻と娘のために、自殺をすることを決意していた。自分が死ぬことによって、残された妻は保険金で借金を返済することができ、娘のデイヴィスも大学に進学することができるのだ。そんな彼の前に、プロゴルファーとして活躍し、前日に事故死した親友のダービー・ヘイズの幽霊が現れる。彼はランディに贈り物をすると告げる。四人のヒーローと四つのラウンド。彼の運命を変えるレッスンが始まる。

この小説をひと言で言い表すのは難しい。ディケンズの『クリスマス・キャロル』にオマージュを捧《ささ》げる作品であることは間違いないのだが、主人公のもとを訪れる〝幽霊〟に実在したゴルフ界のレジェンドを配することで、ファンタジーと事実がないまぜになった不思議な作品となっている。そして、このレジェンドたちの選択が絶妙だ。球聖と呼ばれたボビー・ジョーンズ、透徹冷静なプレイスタイルから鷹《たか》――ホーク――と呼ばれたベン・ホーガン、アーニーズ・アーミーと呼ばれる熱烈なファンを率いてプレイしたアーノルド・パーマー。そして物語の現実世界で劇的な復活を遂げる帝王ジャック・ニクラウス。とはいえ、米国のゴルフ界のレジェンドを選べと言われたら、ほとんどの人がこの四人を選ぶはずで、当然の選択と言っていい。だが、その四人を活躍した年代順に登場させ、そのエピソードを語らせるだけで、ひとつのストーリーに仕上げてしまうのだから、著者のストーリーテラーとしての腕前には恐れ入るばかりだ。ボビー・ジョーンズは「セルフ・コントロール」を、ベン・ホーガンは「回復力《レジリエンス》」を、アーノルド・パーマーは「チャレンジ」の重要性をそれぞれの経験をもとに説く。そしてその教えを体現するかのようにマスターズで奇跡の復活を遂げるジャック・ニクラウス。著者は『ザ・プロフェッサー』のシリーズでも実在のアラバマ大アメリカン・フットボールチームの伝説的な名コーチ、ポール・〝ベア〟・ブライアントを登場させ、物語に厚みを加えている。本作でも実在の四人のレジェンド・ゴルファーの事実に基づく数々のエピソードが、ファンタジーのような作品を、読者の人生を導く自己啓発的な寓話《ぐうわ》にしている。ただし、この小説を単なる自己啓発書で終わらせないのが、ロバート・ベイリーの面目躍如たるところだ。著者が、主人公とラウンドする四人目のヒーローに彼の父親を配したことで、この物語は一気に家族小説としての色合いを帯びてくる。

著者が本来の戦場であるミステリーを離れて本作を書いた経緯は著者あとがきに詳しくあるとおりで、二〇一六年にこの世を去った著者の父親、そして愛する家族への思いがこの作品に込められている。ロバート・ベイリーという作家はこれまで、ミステリーでありながらも読者の感情を強く揺さぶる作品を描くのを得意としてきた。苦境にあっても決してあきらめない主人公を描いて、ページをめくる手が止まらないアツい作品に仕上げてみせた。そんな著者の本領は、ミステリーを離れた本作でも遺憾《いかん》なく発揮されている。「すべての男は、人生のどこかで自分がジョー・ネイマスにはなれないと気づくときがある」父親を尊敬しながらも、自分の夢をあきらめさせる決め手となった父のこのことばにずっとわだかまりを抱いていた主人公。そんな主人公の前に幽霊となって現れた父は、息子の人生を変えてしまった自らのことばについて赦《ゆる》しを請う。父とのラウンドで主人公が学んだのは、他者を赦し、自分の失敗を赦して前に進むこと。夢を追いかけるには挫折がつきものだ。レジェンドたちと父親が教えてくれたレッスンを経て主人公は過去の自分を赦し、前へ進む決意を固める。主人公が父親や家族との絆《きずな》を取り戻し、再生を果たす物語を愉《たの》しんでいただけたら幸いである。

●邦訳作品

ロバート・ベイリーの未邦訳作品を含む、現在までの作品をここで紹介しておく。

マクマートリー&ドレイク・リーガル・スリラー・シリーズ
The Professor「ザ・プロフェッサー」(小学館文庫)
Between Black and White「黒と白のはざま」(小学館文庫)
The Last Trial「ラスト・トライアル」(小学館文庫)
The Final Reckoning「最後の審判」(小学館文庫より二〇二一年十二月刊行予定)
The Golfer's Carol「ゴルファーズ・キャロル」(本書)

●未邦訳作品
ボーセフィス・ヘインズ・シリーズ
Legacy of Lies
The Wrong Side

未邦訳の二作品も非常に高い評価を得ており、いずれ翻訳をお届けできれば幸いである。本作を気に入っていただけたら、是非ほかの邦訳作品も読んでいただきたい。アツい読書体験ができることをお約束する。

二〇二一年十一月　吉野弘人

ロバート・ベイリー
ROBERT BAILEY

米国アラバマ州出身。アラバマ大学ロースクールを卒業後、地元ハンツビルで弁護士として活躍し、2014年に『ザ・プロフェッサー』で作家デビュー。以後、シリーズ続編『黒と白のはざま』『ラスト・トライアル』『最後の審判』、さらに新シリーズ第一、二作『Legacy of Lies』『The Wrong Side』を発表している。

吉野弘人
HIROTO YOSHINO

英米文学翻訳家。山形大学人文学部経済学科卒。訳書にロバート・ベイリー『ザ・プロフェッサー』『黒と白のはざま』『ラスト・トライアル』『最後の審判』（以上、小学館文庫）の他、グレアム・ムーア『評決の代償』（ハヤカワ・ミステリ）など。

編集 皆川裕子

ゴルファーズ・キャロル

2021年11月29日　初版第一刷発行

著　者　ロバート・ベイリー
訳　者　吉野弘人
発行者　石川和男
発行所　株式会社小学館
〒101-8001 東京都千代田区一ツ橋2-3-1
編集 03-3230-5720 販売 03-5281-3555
DTP　株式会社昭和ブライト
印刷所　萩原印刷株式会社
製本所　牧製本印刷株式会社

 ISBN978-4-09-356730-5